Best of also ...

Aufgeschoben, aufgehoben …

also … «Was du heute kannst besorgen, das verschiebe nicht auf morgen», hat uns die Patentante in der Jugend gelehrt, und damit war ja zumeist Unangenehmes gemeint: Heute werden die Hausaufgaben gemacht, die Schuhe geputzt, heute wird irgendetwas erledigt, was keinen Aufschub aus Trägheit duldet. «Was du heut nicht willst besorgen, das verschiebe ruhig auf morgen», machten wir unbekümmert daraus. Und so verschieben wir denn: «Wenn ich mal groß bin, dann …», so lautet der erste Aufschiebesatz. Wenn ich groß bin, dann werde ich Lokomotivführer, wahlweise Schönheitskönigin. Dann waren wir groß, und? Was wurden wir? Versicherungskaufmann und alles andere als Schönheitskönigin, aber so war's auch recht. Wenn ich mal raus bin aus dem Beruf, dann … Dann fahre ich nach Afrika, dann fang ich ein ganz neues Leben an, dann verwirkliche ich meine Träume. Ach ja? Wir denken an das berühmte Loch, in das Rentner fallen: Ein Leben lang in der Tretmühle, immer nur gelernt, dass Arbeit der Sinn des Lebens ist, dass man nützlich sein muss. Und nun: alt, keine Arbeit mehr, keine Pflichten – nicht mehr nützlich? Wo ist er jetzt, der Schwung, den Lebensabend sinnvoll zu nutzen? Weit und breit nichts zu sehen. Es geht uns ja schon mitten im Berufsleben so: Wenn ich endlich mal ein bisschen Zeit hätte, dann würde ich ... Ja, würde ich schon gern, aber was mache ich wirklich, wenn ich die Zeit dann endlich habe? Leg mich ins Bett und schlaf mich aus. Immer sind es die Träume, die Wünsche, die Vorstellungen von einem anderen, schöneren Leben, die geopfert werden müssen. Keine Kraft mehr, Träume zu verwirklichen, zu lange aufgeschoben, kein Mut mehr, eingefahrene Bahnen zu verlassen, die Falten um den Mund werden schärfer, das kommt vom Aufschieben, vom «wenn – dann», wo immer nur das Wenn bleibt, und das Dann kommt nie. Wenn ich eine Million hätte ... auch so ein beliebtes Gedankenspiel. Wenn ich im Lotto gewinnen würde, wenn ... Ja, was denn dann? Würde die Million, würden die Millionen unser Leben wirklich ändern, jetzt vorausgesetzt, wir wären nicht obdach- oder arbeitslos oder sonst in wirklicher Not? Ein normales Leben, normaler Beruf, normale Sorgen – alles anders durch den Millionengewinn? Du liebe Güte, als ob irgendwas im Leben vom tollen Auto oder vom neuen Haus abhinge, als ob man sich selbst ins tolle Auto oder ins neue Haus nicht mitnähme – sich selbst mit allen Ängsten, Zweifeln, Fehlern, Pickeln, Marotten. Mit allen unerfüllten Träumen, die auch die Million nicht erfüllen könnte, wobei es Ausnahmen geben mag – etwa jene Krankenschwester, die sich vom unerwarteten Erbe den Traum vom eigenen Zirkuszelt erfüllte. Für die meisten von uns bleiben die «Wenn ich mal … dann aber»-Vorsätze das, was sie sind: Vorsätze, Gedankenspiele. Aufgeschoben ist nicht aufgehoben? Ach, meist eben doch. Schlimmstes von allem: Wenn die Kinder erst groß sind, dann trennen wir uns. Wie viel leichter wäre es, wir hätten die Kraft, unsere Sehnsüchte zu erfüllen in dem Moment, in dem sie in uns unbezwingbar groß werden. Ich kann es auch nicht, übrigens. 1/96

Badeanzugkauf

also … wer wüsste nicht, wie absolut grässlich es ist, im Winter einen Badeanzug zu kaufen! Dabei ist im Winter noch Auswahl … Kommt man im März oder April, lächelt die Verkäuferin nur müde: Nein, da müsse man schon früher aufstehen, alles weg, nur noch Ladenhüter und Übergrößen … Das Kaufen von Badeanzügen gehört zum Allerschlimmsten. Einerseits zögert man es deshalb hinaus, andererseits auch, um so wenig Klamotten wie möglich vom Leib schälen zu müssen in diesen engen Kabinen. Ich habe schon Röcke über Jeans anprobiert, weil ich einfach keine Lust hatte, die ganze Schnürschuh-und-Hosen-Auszieh-Arie durchzustehen, aber beim Badeanzug schlägt die Stunde der Wahrheit: Es muss alles runter. Nur die Kniestrümpfe dürfen anbleiben und natürlich der Slip. Da steht man nun, weißfleischig nach langen Wintermonaten, dick geworden an Stellen, von denen man gar keine Ahnung hatte, aber die Kabine für Bademoden ist mit Spiegeln reich ausgestattet. Muss man sonst in schlecht sitzenden Kleidern zur lächerlichen Figur werden und auf Socken rausschleichen vor einen Spiegel mitten im Laden, so ist beim Badeanzugkauf gut vorgesorgt: Man darf in der Kabine bleiben und wird gleich von drei Seiten unbarmherzig ausgeleuchtet. Was für hässliche Kniekehlen! Noch nie habe ich gewusst, wie hässlich Kniekehlen sind. Der einstmals schöne Rücken! Nein, bloß nicht so einen tief ausgeschnittenen Badeanzug, der Rücken bringt es nicht mehr. Die bis zum Hüftknochen hoch geschnittenen Tangabeine sind ja zum Glück endlich verschwunden oder doch beinahe, zumindest gibt es für unsereinen wieder den normalen Beinausschnitt, bei dem man nicht vorn alles abrasieren und hinten den gesamten Po herausfallen lassen muss. Es gibt sogar wieder Badeanzüge mit angeschnittenen Beinchen, wie in den 30er Jahren. Aber haben Sie das mal anprobiert mit Winterweiße am Leib und dunklen Wollstrümpfen? Es gibt keinen armseligeren Anblick, und das denkt dann auch die Fachkraft, die ihren Kopf durch den Vorhang steckt und aufmunternd fragt: «Na, passt irgendwas?» Ja, irgendwas passt immer – beim einen Modell passt der Busen gut rein, dafür sieht man den Bauch zu sehr. Das andere drückt den Bauch schön platt, aber der Busen fällt oben raus. Ein drittes passt perfekt, aber es ist rot-grün gestreift, und lieber wär man ja wohl tot. In der Regel sitzen die Badeanzüge, die von Muster und Design her die schönsten sind, gerade an mir eben nicht. Oma-Modelle hingegen mit gedeckten Farben und biederen Mustern passen vorzüglich. Was tun? Und warum kostet dieses bisschen Stoff um die 200 Mark? Nur jetzt nicht den Fehler machen und resigniert die Kabine verlassen und sagen: «Ich überleg's mir nochmal!» Da gibt es nichts zu überlegen ... Er kommt, der erste warme Sommertag, an dem wir schwimmen gehen, und da ist sie dann, die Stunde der Wahrheit: zwängt man sich das fünfte Jahr in den verschossenen Blumenmusteranzug, der schon nicht mehr richtig passt, oder hat man endlich den Badeanzug, mit dem man am Strand auch ein bisschen auf und ab gehen kann, ohne sich zu genieren? Also, tapfer weiter anprobieren – der Wintermantel fällt vom Haken, die Kabine ist stickig, du probierst den achten Anzug – nur Mut. Der dreizehnte ist es dann. Vielleicht. 2/96

Kosmetische Geheimsprache

also ... natürlich wollen wir alle schön sein! Und natürlich informieren wir uns über die neuesten Körperpflegeprodukte, aber ätsch, wenn man kein Englisch oder Französisch kann, steht man ganz schön blöd da. Schließlich fängt der Tag mit *Showergel* an, wahlweise mit *Gel moussant pour le bain et la douche*. Danach tragen wir *Bodylotion* und *Skinrefresher* auf, und dann kommt die *Crème nutritive compensatrice*, nicht wahr? Und bitte den *Stylingschaum* nicht vergessen, und ohne *Hairrepair* geht gar nichts. Ach, wie oft stehe ich im Bad mit Brille und Wörterbüchern und versuche verzweifelt zu entziffern, wofür denn nun welches Pröbchen ist: Muss ich es mir ins Gesicht oder auf die Beine schmieren? Morgens oder abends? Nimmt es Falten weg oder macht es die Haut feucht? Hoch komplizierte Pflegeserien – das *Care Program* – warten darauf, von mir dechiffriert zu werden. Was ist bitte ein *Revitaliseur Intensif LTC-LC aux Thymosomines*? Was ist ein *Light diffusing Make-up*? Was bewirkt *Turnaround Cream*? Was bedeutet *Vital Oxygen Supply*? Was ist ein *Multi Vitamin* (ha! Vitamin weiß ich!) *Moisture Supplement*? Natürlich kann ich versuchen, mir das alles irgendwie zusammenzureimen, ich ahne auch, dass ich den *Morning Course* morgens, den *Night Course* hingegen besser abends anwenden sollte. Aber da haben sich nun die Labors weltweit so viel Mühe gegeben, mich straff und schön zu machen oder zu erhalten, und ich weiß nicht, was denn nun Thymosomine sind. Sicher, irgendwo war das mal erklärt, aber kann man sich das alles merken? Was ist für ein Unterschied zwischen *cleaning* und *cleansing* und *purifiante*? Mach ich auch alles richtig mit *Moisture*, *Conditioner* und *Lotion*? Muss ich ab fünfzig das *Age Management Intensified Serum* gegen vorzeitiges Altern nehmen, oder reicht heimlich die Nivea-Dose? Da lese ich, dass der *Line Inhibitor* «intensiv und mit spektakulärem Ergebnis» wirkt, weil er das erste Hightech-Konzentrat ist und somit der «direkte Problemlöser für Falten». Wie schön! Danke! Niemand will faltig werden – aber was zum Donner ist ein *Line Inhibitor*? Ach, die Kosmetiksprache wird immer komplizierter, oder wissen Sie auf Anhieb, was eine *Phyto-active Face Cream* ist? Ja, gut, eine Gesichtscreme, aber was ist Phyto? «Phytosphären versorgen Ihre Lippen kontinuierlich mit Feuchtigkeit.» Prima! Aber was ist Phyto? Lesen Sie die Packungsbeilage, wenn Sie können, oder fragen Sie Ihre Frauenzeitschrift, die sich immer wieder bemüht, erklärend das Frauenleben zu begleiten. Im Moment ist z. B. gerade der *AHA-Aktiv-Complex* in. Was das ist?

Ganz einfach: *Alpha Hydroxy Acids* = *AHA*. Was das ist? Keine Ahnung, klingt aber gut. Und freie Radikale sind keine politische Kampftruppe, sondern ein böser Feind schöner Haut, aber da hilft das *Hydro-Nourishing-Program*. Und Liposome sind immer gut. Was sind nochmal Liposome? Höchst geheimnisvoll, das alles. Und so benutzen wir unser *Sérum éclat intense*, und wir ahnen, dass es gegen das Altern sein soll, aber so brutal steht's eben nicht drauf, sondern hübsch in Geheimcodes verschlüsselt. Vielleicht ist die ganze undurchschaubare Kosmetiksprache letztlich ein Akt der Barmherzigkeit? «Antifaltencreme» klingt ja wirklich deprimierend ... 6/96

Prominente und ihre Tiere

also … wir machen eine Umfrage über Prominente und ihre Tiere, schreibt mir eine bunte Zeitung, und wir kämen gern auch mal mit einem Fotografen zu Ihnen, liebe Frau Heidenreich. Ja, sonst noch was … Da würden sich meine Katzen aber freuen. Und wenn in einem Vorhaben das Wort «Prominente» vorkommt, bin ich schon gleich mal nicht dabei und überlasse das Feld gern Uschi Glas, Thomas Gottschalk und Linda de Mol. Prominent kommt vom Lat.: prominere, hervorragen, na fein. Aber das ist ja nicht unser Thema heute, das Thema ist: Menschen und ihre Tiere, und ich werde, seit ich ein Katzenbuch geschrieben habe, immer wieder gefragt: «Ach, Sie mögen keine Hunde?» So fest sitzt das in den Köpfen, entweder – oder. Entweder Katzen oder Hunde, denn diese beiden Sorten Tierhalter werden als Todfeinde gehandelt, wie ja auch Hund und Katz als Feinde gelten. Ich hatte mein Leben lang Hunde und Katzen gleichzeitig, nicht nur habe ich immer beide sehr geliebt, sie mochten sich auch untereinander, schliefen in denselben Körbchen, fraßen zusammen, leckten sich zärtlich ab. Es kostet in der Regel ein, zwei Tage

Geduld, Zeit und Liebe, um neue und verschiedenartige Tiere aneinander zu gewöhnen, aber dann geht alles. Die Feindschaften werden künstlich gezüchtet, wie das Feindschaften so an sich haben, auch der Kampfhund wird nicht als Kampfhund geboren. Spaß macht es aber, zu beobachten, wer welches Tier bevorzugt und warum. Schmückende Pudel, edle Rassekatzen, Michael Jacksons Affe im Frack und La Toya Jacksons Riesenschlange, das hat schon was zu bedeuten. Loriot kennen wir mopsumrankt, und vielleicht haben Sie Lust, darüber nachzudenken, warum die Möpse von Gregor von Rezzori angeblich «Cunnilingus» und «Fellatio» heißen. Terrier Michael Schumacher, der sich durch die Raserszene beißt, wird – sinnig – immer von einem Terrier begleitet, Sascha Hehn liebt ein Ross und Franziska van Almsick einen Rottweiler, wie Prinz Charles (haha, Witz gemerkt?). Gerhard Schröder, Ministerpräsident in Niedersachsen, sieht klasse aus neben seinem riesigen Neufundländer, ja, so möchten wir den Kanzler sehen! Harrison Ford hat einen Labrador (auch meine Lieblingssorte, gleich nach Bastard), und Brigitte Bardot liebt alle Tiere, wie es im Idealfall der Tierliebe auch sein sollte. Ich bin sehr skeptisch gegenüber den Tierfreunden, die ihr Kätzchen herzen, aber Steine nach Tauben schmeißen und mit dem Pantoffel auf jede Spinne in der Zimmerecke klatschen. Mein Lieblingsprominententier ist

Socks, der schwarz-weiße Kater der Clinton-Tochter Chelsea, the White House Cat. Er verschickt sogar Autogramme, ich hab eins, mit Pfotenabdruck und Unterschrift «Your First Cat», köstlich. Ich sammle alles über Socks, weil ich es mir schwierig für einen kleinen Kater vorstelle, so im Licht der Weltöffentlichkeit zu stehen, und ich erinnere mich an das Bild einer Reportermeute auf Knien, die mit tausend Apparaten einen missgestimmten kleinen Socks auf dem Rasen vom Weißen Haus knipste. Wir wollen Sie gern besuchen, liebe Frau Heidenreich, um Ihre Katzen ... o nein, gewiss nicht! Und wenn dann doch etwas erscheint – na klar, in Archiven gibt es immer Fotos, auch von mir, die Hausbesuche vortäuschen. Nicht alles glauben! 9/96

Wahnsinn!

also … ich denke nicht gern in so alttestamentarischen Dimensionen wie Rache und Auge um Auge, Zahn um Zahn. Aber die Sache mit dem Rinderwahnsinn erscheint mir wie eine gerechte Rache der geschundenen Kreatur, obwohl nun gerade Tiere von Rache gar nichts wissen – sie müssen wohl erst so missbraucht, gequält und ausgebeutet werden, dass sie dabei zerstört werden und uns in diese Zerstörung mitreißen. Ich habe durchaus noch die Bilder von Ochsen mit gebrochenen Beinen vor Augen, auf die die Männer im Schlachthof mit Eisenstangen einprügeln, weil die Tiere nicht mehr die letzten Schritte zum Schlachten gehen können. Da bekommen die Kühe, die in jämmerlicher Massenhaltung eingepfercht sind, kaum mehr Gras zu fressen, was ihre natürliche Nahrung wäre, sondern Kadavermehl, billig zermahlene andere geschundene Kreaturen. Können sie sich nur noch mit einem Wahnsinn «wehren», der sich auf uns überträgt? Grimmig denke ich, wie recht uns das geschieht, grimmig denke ich, nun endlich wird vielleicht auch der letzte Trottel begreifen, was wir uns selbst und der Welt antun, wenn fast jeder jeden Tag Fleisch auf seinen Teller häufen muss. Sehen Sie sich die Betriebskantinen und die Gasthäuser doch an – Schnitzel, Kotelett, Roulade, Steak, Gulasch, Frikadellen, sogar noch auf dem Salat Putenbruststreifen, denn Salat allein, das kann ja einfach nicht sein. Wer je gesehen hat, wie verängstigte Puten zusammengepfercht auf blutig-krüppeligen Füßen in ihrer eigenen Scheiße stehen (bei Putenmast: Ausmistung zweimal jährlich, also einmal pro Putenleben), der kriegt kein Stück Putenfleisch mehr runter. Jetzt endlich, jetzt, wo diese schrecklichen Bilder von erkrankten MENSCHEN (und, wohlgemerkt: weißen Westmenschen) durch die Presse gehen, jetzt endlich setzt – vielleicht, hoffentlich! – ein Umdenken ein, wir brauchen ja wohl immer sehr, sehr lange für alles. Aber wenn die Welt kaputtgeht, wenn es kein klares Wasser und keine reine Luft mehr gibt, wenn auch der letzte Billigtanker sein Öl in unsere Meere geschüttet hat und wenn ganze Landstriche durch Abholzen öde und verwüstet sind, wenn Völker von Seuchen hingerafft werden und die anderen nur noch in Schutzpanzern ins Freie können, weil es keine Ozonschicht mehr gibt, dann vielleicht wird ja irgendeiner kommen und sagen: «Oh, haben wir da wohl etwas falsch gemacht?» Wir sind fett, wir haben Stoffwechselkrankheiten, wir machen Diäten und Fastenkuren, aber wir futtern unseren Teller leer, Fleisch muss möglichst oft drauf sein. Das Elend der Tiere, ihre gnadenlose Ausbeutung, Misshandlung und Degradierung zur Ware hat uns nur selten gerührt. Jetzt ist der Preis zu zahlen. Mit vollem Recht. Und irgendwann schafft es auch die stumme Natur, auf sich aufmerksam zu machen. Dann aber ist es zu spät. Es gibt Tage, an denen ich sehr froh bin, schon über 50 zu sein.

10/96

Tun, was man will?

also … Hand aufs Herz: Gibt es irgendwann im Leben eine Zeit, in der man wirklich tun kann, was man will? Die Kindheit ist es nicht. Mama bestimmt, wann und was man isst, wann gespielt, wann geschlafen wird. Dann kommt die Schule und schreibt uns vor, bis wir, sagen wir, neunzehn oder zwanzig sind, wie die Zeit einzuteilen ist, und die Eltern reden auch noch tüchtig mit. Dann aber! Freier Mensch? Pah. Entweder Beruf, Ausbildung oder Uni, Zeitpläne, Stundenpläne, Verpflichtungen, Untermiete, Kehrwoche, Bundestagswahlen, Krankenkasse, TÜV, ich grüße dich, du schönes Regelwerk rings um mein Leben. Dann aber – Urlaub! Ja, Frühstück bis zehn Uhr, also los, rasch aufstehen. Ausflug auf die Inseln! Bitte hinten anstellen. Eigene Wohnung: Miete oder Hypothekenzahlung bitte pünktlich, Dauerauftrag, Zeitung lesen, Abfall sortieren, leere Flaschen wegbringen, Ladenschlusszeiten, Zahnarzttermin mit Bonusbüchlein. Mutter hat es gut. Mutter ist alt, Rentnerin, lebt still in ihrer Wohnung in den Tag hinein, kann tun und lassen, was sie will – bisschen schlafen, bisschen lesen, bisschen spazieren gehen, bisschen fernsehen – Mutter, sage ich, du brauchst eine Putzfrau. Und deine Gardinen müssen gewaschen werden. Und diese Küche ist sooo unpraktisch, das machen wir jetzt mal neu. Ich stelle fest: Auch Mutter darf nicht, wie sie will – dafür sorge ich schon, denn so hat ja auch sie mich mal erzogen, dass immer irgendwer über irgendwen alles besser weiß, sich sorgt, sich einmischt. Aufklärung, sagt Kant, ist der Ausgang des Menschen aus seiner selbst verschuldeten Unmündigkeit. Gewiss, er hat ein bisschen was anderes gemeint als das, worüber ich hier gerade schreibe. Aber Unmündigkeit, das ist das Wort, das mir in den Sinn kommt. Wir sind unmündig, unser ganzes Leben lang, wir sind abhängig von Menschen, Mietverträgen, Arbeitszeiten, Hotelfrühstücken, Versicherungen, roten und grünen Ampeln, von Geschwindigkeitsbegrenzung, Hundesteuer und Feuchtigkeitscreme, donnerstags wird die Mülltonne geleert, Freitag kommt der Schornsteinfeger, guten Tag, wir lesen Ihre Wasseruhr ab, he, da können Sie nicht parken! Regeln, Gesetze, Pflichten, Uhren. Ich liege auf dem Sofa, Alfred Brendel spielt Klavier für mich, ich mache die Augen zu und schwebe davon in einen Freiraum, irgendwohin, wo ich nichts muss, soll, habe, bin. Niemand verlangt etwas von mir, keiner redet mir rein, wie ich es machen soll, ich bin einfach nur federleicht und frei, wenigstens im Kopf. Das gibt es. Zum Beispiel in diesen seltenen, wunderbaren

Augenblicken der Liebe, wo wirklich alles stimmt. Wenn wir die nicht hätten … Und danach klingelt aber auch sofort der Postbote und hat das Einschreiben mit der Mahnung, weil wir irgendwo irgendwas nicht rechtzeitig bezahlt haben. An manchen Tagen tröstet nur eine Katze auf dem Bauch. Die Katze, denke ich, ist frei. Sie geht ein und aus, wie sie will, hat keine Pflichten, ist stolz und schön, unabhängig und mündig. Nein – sie kann den Kühlschrank nicht aufmachen und die Terrassentür auch nicht. Ach, Katze, sogar du bist Zwängen unterworfen … was für eine blöde Welt. 12/96

Schnappschüsse

also ... wie halten Sie es mit Ihren Fotos? Liegen die alle in einer schönen, alten Pralinenkiste oder, wenn die zu klein wird, in einer Schublade, oder kleben sie nach Motiven und Jahren geordnet in Alben mit Fotoecken und Pergamentblättchen zwischen den Seiten? Wie auch immer, ob Sie selbst nun fotografieren oder nicht, jeder hat, jeder verwahrt Fotos. Man bekommt sie zugeschickt – von Tante Hilde die von der goldenen Hochzeit, Klaus schickt die Geburtstagsbilder (man sieht immer grässlich aus), Mutter bündelt die Klassen-, Jugend-, Tanzstunden- und Konfirmationsfotos und schreibt: «Verwahr du die mal.» Und da sitzt man dann eines Abends und guckt: Man war ein niedliches kleines Mädchen! Und sogar Karlheinz hat damals gut ausgesehen, und guck mal, Katze Klara! Sie ist seit Jahren tot, aber sehen wir ihr Foto, fangen wir sofort wieder an zu weinen. Es sind die Erinnerungen an Gefühle, die wir verwahren. Den Mailänder Dom gibt es auf Ansichtskarten tausendmal schöner als auf unserem verwackelten, schiefen Bild, aber weißt du noch, das war der Tag, an dem ich mir diese ganz teuren roten Schuhe gekauft habe, und auf dem Platz war diese Oma mit dem süßen Blumenhut, die die Tauben gefüttert hat, und danach waren wir ganz schön essen ... Fotoschubladen haben den Nachteil, dass man nichts findet, wenn man mal eben jemandem das Bild von Günther zeigen möchte, als der so irrsinnig komisch im Karneval als Scheich ... Und Alben haben den Nachteil, dass der Gast nicht nur das Bild von Ritas Hochzeit anguckt, sondern keck ein bisschen blättert und plötzlich schreit: «Was, sooo dick warst du mal?» Man muss sich gut überlegen, was man aufhebt und was nicht, die scheußlichsten Fotos sollten lieber rechtzeitig im Papierkorb landen. Schön sind auch immer nach Trennungen oder Scheidungen die durchgeschnittenen Bilder – weg mit Walter, nur Ulrike ist noch geblieben, ohne linken Arm, daran hing er mal. Man kann mit Fotos schön manipulieren, ich weiß das, ich hatte als Studentin mal einen Job bei einer Firma, die Luftaufnahmen von Häusern, Höfen und Anwesen machte. Ich musste einem Bauern Kühe als kleine bunte Punkte auf die Wiese retuschieren, einer Fabrik Bäume grün auf den Hof tupfen, und seitdem glaube ich sowieso fast nichts mehr, was ich auf Fotos sehe. Auch die frischen Tropfen auf kühlen Bierreklamen sind in der Regel Glyzerin. Und der österreichische Bundeskanzler Vranitzky hat sich auch nicht selbst nackt aufs Titelbild bringen lassen – das war eine Montage. Bei öffentlichen Fotos ist Vorsicht geboten, aber den privaten Schnappschüssen kann man ruhig trauen, obwohl man in Wirklichkeit natürlich immer viel schöner ist als auf diesen Blitzlichtschreckschüssen. Ja, und nun wieder die Frage: Rein damit in die Sammelschublade oder nett am Küchentisch einkleben und dann ab ins Regal, ganz nach oben, zum Schulatlas? Egal, wie man es macht, irgendwann blättert man und guckt, erinnert sich und sagt: «Weißt du noch …?» Denn die Bilder halten mehr als jedes Tagebuch fest, was wir einmal waren. Weil sie uns daran erinnern, was wir genau in diesem Augenblick damals fühlten. 16/96

Über Männer und Frauen

also ... Monica Seles ist den Kritikern im Moment zu dick. Mäkel, mäkel! Regt sich vielleicht bitte mal jemand auf über die Frisur von Boris Becker und über sein Augenzwinkern! Arantxa Sanchez hat immer noch zu stämmige Beine, mäkel, mäkel. Wer beschwert sich bitte über Andre Agassis grauenvolle Klamotten?

Mein Gott, ist Liza Minnelli kaputt, warum säuft sie aber auch so viel. Harald Juhnke dagegen, ist das nicht Klasse, dass er nun schon wieder auf der Bühne steht? Also, Julia Roberts ist ja nicht besonders gescheit, mäkel, mäkel. Ach ja, aber Antonio Banderas und Don Johnson, die haben mit Sicherheit den Nobelpreis für Intelligenz verdient, oder was?

Himmel nochmal! Es sind tatsächlich immer wieder und immer noch und immer und immer die Frauen, an denen herumkritisiert wird und gemäkelt und gemeckert, man muss keine Feministin sein (was war das nochmal, eine Feministin?), um das zu sehen. Bei den Männern geht nach wie vor alles durch.

Löwitschs Falten sind sexy, Glatze ist schön, Saufen wie Juhnke macht männlich, und Autos kaputtfahren ist rasant. Bei Frauen senken Falten die Chancen, Saufen macht sie zum Flittchen, Autos kaputtfahren? Jaja, Weiber und Technik. Ihr Lieben, es hat sich nichts geändert. Klar, wir können darüber lachen, wir können sagen: Wir wissen es besser, es macht uns nichts aus. Aber wir können auch darüber nachdenken, warum das alles eigentlich so ist. Warum geht bei Männern so vieles durch, was man uns Frauen sofort ankreidet, von Äußerlichkeiten bis zu Verhaltensweisen? Ich weiß es nicht, ich komm einfach nicht dahinter. Machen wir was falsch? Machen die Männer was falsch? Sind alle verrückt? Sind eingefahrene Sachen so schwer aus den Köpfen zu kriegen? Warum ist dann die Erde, verdammt nochmal, nicht auch immer noch eine Scheibe, bloß weil Ulf Merbold und Thomas Reiter das Gegenteil behaupten? Nein, wir dürfen getrost glauben, dass die Erde rund ist, es waren ja auch schon Frauen oben im All, und die haben es selbst gesehen. Es gibt ja auch Ausnahmen, wenn es um die Einschätzung von Frauen geht, ich will mal gerecht sein: Unumstritten ist Mutter Teresa! Frauen, die sich aufopfern, sehen wir immer gern, ist das doch die ureigenste Aufgabe der Frau, nicht wahr? Schön auch Tina Turner: schon 56, und immer noch Rock 'n' Roll in superkurzen Kleidchen, da kann sich Peter Maffay mal eine Scheibe abschneiden.

Und trotzdem: Das allgemeine Wertesystem scheint

noch immer so aufgebaut zu sein, dass ganz oben der herrliche Mann steht, umrahmt von Autos und vielleicht von Zierblondinen, dann kommt die Natur, die wir alle so schön finden und so gründlich zerstören, dann, was kommt dann? Kinder? Ja, süß, süß, aber nur, wenn sie klein sind und nicht weiter auffallen. Und dann vielleicht kommen die Frauen, diese köstlichste Nebensache der Welt, without them, what would little boys do, sang schon Maurice Chevalier, was nur würden kleine Jungen ohne sie anfangen? Aber richtig ernst genommen werden Frauen immer noch nicht. Jedenfalls nicht so ernst wie ein Bierbauch mit kurzen Socken und tief gelegtem Fahrgestell, der ihnen an der Ampel zuzwinkert. Lass ihn. Wir zwinkern zurück und denken: Wart's nur ab, Henry Higgins, wart's nur ab ... 18/96

Der Eindruck trügt

also ... früher konnte man die Leute noch richtig einschätzen. Der mit der Nickelbrille und den langen, klebrigen Haaren, mit dem sehnsuchtsvollen Blick und der schwarzen Samtjacke – klarer Fall, das war ein Dichter. Der trug bestimmt ein schmales Lyrikbändchen aus dem Selbstverlag in der Tasche und wartete bloß darauf, dass wir uns neben ihn setzen würden – schwupp, mussten wir seine Gedichte hören. Kurz geschoren hieß rechtsradikal, langhaarig hieß Freak. Millionäre sahen noch wie Millionäre aus und Terroristen wie Terroristen. Das ist lange her, Freunde. Heute tragen die Millionäre Turnschuhe und die Terroristen Samsonite-Koffer, Mütter von drei Kindern sehen aus wie Supermodels, und die Models sind, ungeschminkt, magersüchtige kleine graue Mäuse mit großen Kinderaugen. Gerhard Polt sieht fast aus wie Franz Josef Strauß und hat doch in seinem Kopf nicht einen einzigen auch nur annähernd straußenartigen Gedanken, und den Bundeskanzler können wir uns besser als Brauereibesitzer oder Kolonialwarenhändler vorstellen, so vertrauenerweckend rund sieht er aus. Herren gehen als Damen, und Damen lassen sich

Herrenschnitte schneiden, die Achtzigjährigen tragen kurze Röcke und hohe Absätze und die Fünfzehnjährigen Kampfstiefel und Uniformen. Wer ist noch wer? Wollen, sollen, können und müssen wir etwas tun für diesen stillen jungen Mann in schmuddeligen Jeans, der jeden Abend in unserer Stammkneipe an der äußersten Thekenecke lehnt und klassische Theaterstücke in Reclam-Heftchen liest? Ist es ein Dichter, ein Schauspieler, wissen wir einen Job für ihn? Er sieht sympathisch aus und so müde, so angestrengt – wir schicken Robert vor, unseren Menschenfreund, der spendiert ihm ein Bier und fragt ihn mal so ein bisschen aus. Als Robert zurückkommt und erzählt, stimmt unsere Welt nicht mehr – der Mann hat eine Marktforschungsfirma mit zwanzig Angestellten, ist steinreich, besitzt drei Häuser in der Innenstadt, hat aber keine Lust, seinen Beruf noch mit Handy und im Boss-Anzug abends in seine Freizeit zu tragen, da will er in Ruhe einen trinken und endlich «Nathan der Weise» lesen. Wir sind fertig. Und dann erzählt uns Karl, der früher Maoist war und das rote Büchlein an uns alle verkauft hat, jetzt aber mit einer Plattenfirma ziemlich reich geworden ist, eine wunderbare Geschichte aus seinem Leben: Kurden haben ihre Parolen auf sein Haus gesprüht. Die Polizei meldete sich: «Sind Sie der Hausbesitzer? Dann erstatten Sie mal Anzeige gegen unbekannt, wir können dann zugreifen, wir kennen nämlich den Täterkreis.» Nicht mit Karl! Die neuen Hausbesitzer sind nicht mehr die alten: «Die Kurden», sagt er empört, «haben meine volle Solidarität, ich bin stolz, dass meine kurdischen Freunde ihre berechtigten Forderungen auf mein Haus schreiben, und mit euch Bullen und mit Denunzieren will ich nichts zu tun haben.» Erzählt's, und ein Langhaariger dreht sich um und sagt: «Ich geb dir gleich Bullen, du Weichei, ich bin Polizist.» Nichts stimmt mehr! Vorsichtig lächeln wir den Skinhead an, der da gerade reinkommt. Könnte ja ein netter Kerl sein, trotzdem ... 21/96

Alles Gesunde ist hässlich

also ... warum eigentlich ist alles Gesunde so potthässlich? Ja, auch ich habe mir im letzten Sommer endlich diese Sandalen mit dem Superspezialfußbett gekauft, ja, sie sind irrsinnig bequem, und ja, sie waren enorm teuer, aber sie sind von einer Hässlichkeit, dass ich sie möglichst nur in Haus und Garten anziehen werde. Die machen jedes Outfit, jede schlanke Silhouette, jede Jeans und jedes Blumenkleid kaputt mit ihren gesunden Sohlen und ihren handfesten, breiten, gut vernähten Riemen mit den dicken Schnallen, die auch Halbblinde ohne Brille verstellen können. Der Verkäufer hat sich alle Mühe gegeben, mir die unförmigen Dinger schönzureden, das anhängende Etikett versicherte: «Sie haben gut gekauft!», und meine Füße signalisieren Wohlbehagen, trotzdem wollte sich schon im Laden dieses kribbelige Konsum- und Kauflustgefühl: «Ha! Neue Schuhe!», nicht einstellen. Es kann nicht alles schön sein auf der Welt. Turnschuhe sind in der Regel von Haus aus hässlich, wenn es nicht die einfachste Form des einfarbigen Leinenturnschuhs mit Ösen und weißen Schnürsenkeln ist. Der Klumpenschuh in drei Farben mit Luftpolster,

Klettverschluss und reichlich Werbeaufdruck mag fußfreundlicher sein, ist aber scheußlich. Der Jogginganzug ist hässlich, immer. Das gesunde Bett ist hässlich. Und fast alles, was wir im Bioladen kaufen, ist hässlich – die schrumpeligen Äpfelchen, die grauen Möhren, gesund, aber unansehnlich. Was da rotbackig glänzend oder knatschgrün im Supermarkt liegt, ist der Designerapfel, eben die korrigierte Natur. Unser Schönheitsideal ist nun mal nicht das Natürliche – wir schminken uns ja auch bis zum Gehtnichtmehr, und «Unser Dorf soll schöner werden» heißt in der Regel: Weg mit der Natur, Büschen, Bäumen, her mit Betonkästen voller Geranien und Jägerzäunen aus dem Baumarkt. Wie herrlich sehen Weingummi und Geleefrüchte aus! Welche Farben, welche Formen! Ja, ja, ungesund, Chemie, Farbstoffe, bäh. Aber betrachten Sie doch mal unvoreingenommen einen Müsliriegel. Na? Läuft Ihnen das Wasser im Munde zusammen bei dem Anblick? Nein? Dachte ich mir. Wie kann ich ein guter Mensch sein, der umweltfreundliche Dinge kauft, gesunde Kost isst und nichts tut oder benutzt, was irgendwem irgendwo auf der Welt schadet, und trotzdem chic aussehen, mit Vergnügen essen und leuchtend rote Schuhe tragen? Ich fürchte, streng gesehen ist das schon nicht mehr möglich. Und so ziehe ich meine fußbettfreundlichen Trampelschuhe an, nehme trübselig, aber korrekt meine Jutetasche mit den Einwegflaschen und schlurfe zum Glascontainer. Er (er? Es sind drei, Weißglas, Grünglas, Braunglas!) steht an der schönsten Ecke unter Kastanienbäumen (zusammen mit den Containern für Verpackung, Plastik, Altpapier und Pappe) – gut gedacht, praktisch und umweltfreundlich. Und hässlich, städteverschandelnd und immer von herumfliegendem Müll umgeben. Das Vernünftige und das Schöne – schließt es sich einfach grundsätzlich aus? 23/96

Namenloses Grauen

also … vor einiger Zeit las ich einen Zeitungsartikel zum Ende des Zweiten Weltkriegs. Die Überschrift lautete: «Das Grauen war namenlos.» Mir geht diese Überschrift gar nicht aus dem Kopf. Namenlos? Es war entsetzlich, es war riesig, es war unfassbar in seinen Ausmaßen, aber so ganz namenlos war es ja wohl doch nicht. Es gibt Menschen, die diesen Krieg, die jeden Krieg, der auf der Welt beginnt, angezettelt haben, die ihn planen und ausführen, sie heißen zum Beispiel Hitler, Saddam Hussein oder Idi Amin. Es gibt Waffenhersteller, Waffenkäufer und Waffenbenutzer. Es gibt Lagerbauer und Lagerkommandanten. All diese Menschen haben Namen. Bertolt Brecht hat gesagt, dass das Verbrechen, jedes Verbrechen, durchaus Namen und Anschrift habe. Entsetzliche Hungersnöte in Afrika – namenloses Grauen? Dahinter steht ja nicht die Unfähigkeit der Menschen, sich zu ernähren, dahinter stehen die Jahrhunderte der Kolonialherrschaft, der Ausbeutung, und dahinter steht auch unser luxuriöses Leben auf Kosten der Ärmsten. Vergewaltigte Frauen, zusammengepferchte Asylanten, geschundene Tiere in Labors und auf Transporten, missbrauchte Kinder, erschlagene Menschen, das alles hat Täter. Täter heißen zum Beispiel Priebke oder Dutroux. Es gibt Vulkanausbrüche, Erdbeben, Wirbelstürme, Überschwemmungen. Namenloses Entsetzen? Das Ausmaß dieser Schäden ist handgemacht – durch Atomtests, abgeholzte Wälder, begradigte Flüsse, die geschundene Natur, die mit Katastrophen reagiert. Und wieder lässt sich an Namen festmachen, was da geschieht, und sei es nur der Sammelname «Mensch». Wenn wir durch die Fußgängerzonen unserer Städte gehen, sehen wir eilige, Tüten schleppende Menschen, satt und mit mürrischen Gesichtern. Ich gehöre auch manchmal dazu, renne und kaufe und verzettele mich in vermeintlichen Wichtigkeiten und denke wahrhaftig nicht Tag für Tag an verhungernde Kinder, gequälte Tiere, an Menschen, die in Gefängnissen für ihre Überzeugungen gepeinigt werden, an Obdachlose und das Elend in der so genannten Dritten Welt. Niemand denkt dauernd daran, wir haben genug damit zu tun, uns an der Kasse im Supermarkt zu zanken, wer als Nächster dran ist. Ich nehme mich da ganz gewiss nicht aus. Aber als ich diese Überschrift in der Zeitung las, wusste ich: So abgestumpft will ich dann doch nicht werden, dass ich mir einreden ließe, das Grauen (welches auch immer) sei namenlos. Das eben ist es genau nicht. Es hat, wie gesagt, fast immer einen Namen und eine Anschrift.

Die muss man benennen. Und dann? Dann wissen wir, dass in der Türkei, im Iran, in China Unrecht geschieht und Menschen unterdrückt werden, und wir treiben trotzdem fleißig Handel mit diesen Ländern und pflegen diplomatische Beziehungen. In solchen Fällen trägt das Grauen dann mitunter auch den Namen der eigenen Regierung. 25/96

Bloß keine Gefühle!

also ... wir sind schon eine ganz schön coole und hochnäsige Bande. Da läuft ein so herzzerreißender Film wie «Die Brücken am Fluss», und was tun wir? Ja, wir gehen rein, ja, wir schluchzen, ja, wir können hinterher lange darüber reden, ob es richtig war, dass Meryl Streep bei ihrer Familie geblieben ist oder ob sie nicht doch besser der Stimme des Herzens hätte folgen sollen und mit Clint Eastwood ins Abendrot davonfahren. Wir jedenfalls wären mit Clint Eastwood – na, ist ja auch egal. Jedenfalls, nachdem die Tränen getrocknet sind, nach all dem fragen uns am nächsten Tag irgendwelche Bekannten: «Und, wie war der Film?» Und was sagen wir? «Gott ja, ziemlich rührselig, drückt mächtig auf die Tränendrüsen und so.» Weil wir uns schon wieder schämen, dass uns Gefühle überrumpelt haben. Einige unserer Literaturkritiker machen das zur Masche. Anrührende, bewegende, ja schon allein unterhaltende Bücher sind abzutun als kitschig, seicht, sentimental. Gerade haben wir wieder so einen Fall: «Wie ein einziger Tag» von Nicholas Sparks – das ist eine Liebesgeschichte, die kann man nicht erfinden! Und er hat sie ja auch nicht erfunden, die Großeltern seiner Frau, heißt es, sollen alles genau so erlebt haben. Auch ich sehe, dass dieser Sparks kein Marcel Proust und kein Thomas Mann ist. Er ist einfach ein netter junger Kerl, der ohne Schnörkel liebevoll geradeaus eine schöne, warme Geschichte erzählt, die jeder versteht und in der das, was die Liebe immer so zerbröckeln lässt, nämlich der aufreibende Alltag, einfach ausgespart wird. Nur das Schöne zählt. Das ist ein Roman für Herzensstunden auf dem Sofa an kalten Herbstnachmittagen, süß wie ein Marzipankuchen, aber nicht kitschig. Herrje, wir träumen doch alle von der einen, einzigen, wahren, ewig haltenden großen Liebe – hier ist sie! Aber das darf nicht sein, schleunigst müssen wir über solche Bücher die Nase rümpfen, denn dafür sind wir nun einmal zu cool, zu sachlich, zu aufgeklärt, und Liebe, nicht wahr, ist sowieso Illusion und das Herz nur ein Muskel. Ja, ja. Schon gut. Ich wundere mich nicht über den Erfolg der Kelly-Family, obwohl ich das, was irgendein Spötter mal über sie sagte, auch finde; es handelt sich um eine Art singende Altkleidersammlung. Aber da stehen sie mit ihren blonden Locken, sind alle miteinander verwandt und haben diese klaren Engelsstimmen – und was passiert? Wir wünschen uns, mit unseren Geschwistern besser auszukommen, wir möchten auch eine große heile Familie haben, in der alles stimmt («auch» ist gut!), wir möchten irgendwo dazugehören, aber es gibt keine große heile Familie, also flüchten wir einzeln in die diversen Quatschbuden der Talkshows und legen unser individuelles Elend bloß. Und danach hören wir Kuschelrock oder Kuschelklassik, immer nur die lieblichen Songs, immer nur die ruhigen zweiten Sätze, nichts Schrilles, keine modernen Neutöner, alles soft und sanft und lieb und weich. Die Seele braucht Sehnsuchtsfutter. Aber wenn sie es kriegt, rufen wir hohnlachend: Bäh, wie kitschig! Nur nicht ertappen lassen bei dem Gefühl, dass uns irgendetwas fehlt. Na, dann lasst euch halt nicht ertappen und genießt die Kuschelfilme und -bücher trotzdem!

3/97

Perfect for nobody

also … schade, dass Sie mich heute Morgen nicht sehen. Schade, dass mich heute Morgen und überhaupt heute den ganzen Tag vermutlich niemand sieht. Na, vielleicht klingelt ja der Briefträger? Aber ob der dann merkt, was los ist? Nein, merkt der nicht, er ist nämlich immer im Stress und sowieso mehrmals die Woche ein anderer, der ist froh, wenn er seine Runde einigermaßen hinkriegt. Also, wir halten fest: Niemand sieht mich. Nein, ich habe kein neues beeindruckendes Kleid an. Nein, es ist überhaupt nichts Besonderes los. Ich sehe nur einfach heute Morgen fabelhaft aus, ja, man muss es in aller Schlichtheit so sagen: fa-bel-haft. Die Augen leuchten, die Haut ist schön klar, die Haare sitzen einfach prima, alles stimmt. Ich habe genug geschlafen, ich fühle mich prächtig, und man sieht es mir an. Ja. Und was mache ich heute? Kolumne schreiben, Wäsche waschen, Bad putzen, allenfalls mit dem Kater zum Impfen fahren. Der Tierarzt schaut nur den Kater an, nie mich, denn so einen gewaltigen Kater kriegt er nur selten auf den Tisch. Es ist also völlig egal, dass ich heute sozusagen mein Jahrhundertgesicht habe, dass ich strahle wie Dornröschen nach dem bewussten Kuss, dass ich blendend aussehe, dass einfach alles stimmt. Wie oft sehne ich mir so ein Gesicht herbei, wie oft stehe ich verzweifelt vor dem Spiegel und denke: Es ging doch mal, es gab doch mal Tage, da hast du großartig ausgesehen, warum denn jetzt diese graue Haut? Dieser matte Blick, diese fusseligen Haare? Und immer an Tagen, an denen man etwas Besonderes vorhat oder sich auf etwas freut. Das war schon früher so. Die ganze Woche okay, für Lehrer und Mitschüler. Am Wochenende ein Rendezvous mit IHM, und? Ein Pickel mitten auf dem Kinn. Abschlussball? Garantiert kriegte ich genau dann meine Tage und sah entsprechend aus. Meine Haare sind immer dann besonders widerspenstig und spröde, wenn ich besonders schön aussehen will. Ich kann mich fast schon darauf verlassen: An den Tagen im Leben, die mir etwas bedeuten, sehe ich aus wie eine Vogelscheuche. Dann steht mir kein Kleid, dann brechen die Nägel ab, ich hab rote Flecken im Gesicht und bin auch in Gesprächen blöde und einfallslos. Ja, später dann zu Hause, ha, da fallen mir die geistreichen Antworten schon ein! Aber gewiss nicht auf der Party, wo ich sie hätte gebrauchen können. Heute also sehe ich aus wie, wie … nein, nicht so wie Michelle Pfeiffer. Aber immerhin, es ist keiner dieser Tage, wo man sich für einen kompletten Irrtum hält, von Kopf bis Fuß. Ich könnte jetzt in die Stadt gehen und müsste nicht bei jedem Kaufhausspiegel erschrecken: Das bin doch ich nicht? Aber ich habe keine Lust, in die Stadt zu gehen. Ich sitze mit meinem perfekten Gesicht allein zu Hause. Ich trinke ein Glas Wein auf mein Wohl, ich bin zufrieden, nein, ich will nicht mehr so sein wie Aschenputtels eitle Schwestern, ich will gern ruhig das unentdeckte, aber wunderschöne Aschenputtel sein, auch wenn es keiner sieht. Kein Prinz weit und breit. Doch! Da kommt mein Kater, rollt sich auf meinem Schoß zusammen, schmalzt mich an und schnurrt: «Du bist die Schönste.» Wie Recht er hat! Danke, Kater. 4/97

Geschafft!

also … früher dachten wir immer, alle schlechten Eigenschaften dieser Welt versammeln sich bei den Männern. Erstens passte das so gut ins rein feministische Weltbild, und zweitens, diese Kerle hatten und haben ja wirklich jede Menge Dinge drauf, die uns nerven: Z. B. kommen sie im Restaurant vom Klo und ziehen sich, während die Tür hinter ihnen zufällt, noch den Reißverschluss an der Hose hoch. Was sagt uns das? Vieles, unter anderem, dass dann Händewaschen wohl auch nicht stattgefunden hat. Männer fahren rücksichtslos mit ihren Autos in unsere gerade gesichtete Parklücke, Männer spucken auf der Straße aus, leeren ihren Aschenbecher mal eben aus dem Fenster, wenn die Ampel Rot hat. Männer schreien die Großraumwagen und die Fußgängerzonen voll mit ihren dämlichen Handys, Männer werfen uns eindeutig ölige Blicke zu und zwingen uns an Tischen in vollbesetzten Kneipen ihre redselige Gegenwart («So allein?») auf. Männer rennen in Jogginganzügen rum und tragen kurze Socken, bei denen man immer ein Stück haarigen Beines sehen muss, und Männer benehmen sich laut, selbstbewusst, rücksichtslos, weil ihnen ja schließlich die Welt größtenteils gehört. Na, Mädels, da haben wir aber mächtig aufgeholt, es geht voran mit der Emanzipation, wenn auch vielleicht nicht so ganz im Sinne der Erfinderin. Auch Frauen haben Handys. Aber Frauen haben oft durchdringend hohe Stimmen, und Frauen können damit in diese Handys keifen, dass uns beim Hotelfrühstück Hören und Essen vergehen. Neulich war so ein Fall – erst rief sie ihren Mann an und putzte ihn herunter, weil er, während sie doch schließlich auf Geschäftsreise war, wieder irgendetwas zu Hause nicht richtig gemacht hatte. Dann rief sie ihre Sekretärin an und pfiff die so zusammen, wie es mit mir kein Mann je gewagt hat. Dann rief sie ihre Mutter an und drohte mit ihrem Besuch am Wochenende. Dann rief sie einen Geschäftspartner an, aber ich weiß nicht mehr, um was es dabei ging, denn hier mochte ich nun keine Minute länger frühstücken und schrieb das auch tückisch ins mir vorgelegte Gästebuch. Wir holen auf mit den schlechten Sitten! Ich sehe Frauen in der Fußgängerzone kräftig ausspucken. Wenn sie im Auto eine Mandarine essen, landen die Schalen mal eben draußen auf der Fahrbahn. Auch Frauen laufen in entwürdigender Freizeitkleidung durch die Innenstädte, sie schminken sich am Tisch und kleben sofort darauf ihren roten Lippenstift auf Tassen und Gläser. Frauen zeigen mir den Vogel beim Überholen und scheren direkt vor mir in meine Parklücke ein und grinsen: «Musst schon früher aufstehen, blöde Kuh.» Seit Frauen Chefs sind, sind sie so herrisch, wie man eben als Chef ist, und ich warte nur noch darauf, dass die Erste vom Klo zurückkommt und sich noch den Slip hoch- und den Rock runterzieht. Wie schön, wir haben es geschafft, wir sind endlich gleichberechtigt, wir haben nun alle schlechten Manieren und Gewohnheiten der Jungs übernommen. Jetzt können wir mit Teil zwei des Programms beginnen: emanzipiert und trotzdem menschliche Frauen zu sein. 5/97

Menschen an Briefkästen

also … haben Sie schon mal Menschen an Briefkästen beobachtet? Da gibt es sehr verschiedene Verhaltensweisen – jemand kommt forsch heran, die Hand voll Büropost, schwupp, rein damit und Feierabend. Dann kommt die alte Frau mit einem einzigen Brief, an dem sie den ganzen Nachmittag geschrieben hat. Sie prüft nochmal: Hat sie nichts vergessen? Stimmt die Adresse, ist auch die Postleitzahl drauf? Und ist alles richtig frankiert? Sie wirft ihren Brief ein und schaut durch den Schlitz, ob er auch wirklich unten angelangt ist. Auch unseren Liebesbriefen sehen und lauschen wir nach – fallen sie weich? Sind sie nicht irgendwo verkeilt und verklemmt? Wir fassen nochmal mit der Hand durch den Briefkastenschlitz: Ist der Kasten auch nicht zu voll, sodass der Liebesbrief womöglich obendrauf liegt, und irgendwer – schrecklicher Gedanke! – könnte ihn herausziehen und lesen? Vielleicht haben Sie auch schon schlimme Morgenstunden frierend neben einem Briefkasten verbracht, so wie ich, nur um einen in der Nacht geschriebenen, zornig noch sofort eingeworfenen, inzwischen längst bereuten Brief wieder zurückzubekommen? Der Briefkastenentleerer schätzt dergleichen nicht, eigentlich, so sagt er mit gerunzelter Stirn, darf er das auch nicht, einen Brief, der schon im Kasten liegt, an irgendwen herausgeben – aber wir haben ja die halbe Nacht wach gelegen, um all das zu bedenken, und da haben wir schon bei uns den Personalausweis, die Schriftprobe, den Beweis, der Absender zu sein, und wir rühren den pflichtbewussten Mann, verfroren, ungeduscht und mit heißen Tränen – da, da ist der Brief, dieser längliche blaue! Er gibt ihn zurück, und das ist gerade nochmal gut gegangen, sonst hätte es wie bei Madame Bovary oder Anna Karenina eine Tragödie gegeben, wie sie die Welt noch nicht gesehen hat ... na ja, oder so ähnlich ... Wehe, man schreibt schön mit Tinte, und dann regnet es! Unter dem Mantel trägt man den Brief geschützt bis zum Kasten, wischt Tropfen vom blödsinnig konstruierten Schlitzdeckel weg, wirft den Brief vorsichtig ein, damit nichts verwischt. Es gibt so viele Arten, einen Brief wegzubringen! Diese aufregende Freude, wenn man ein Manuskript wegschickt und hofft, es möge gelungen sein, dieser Triumph, wenn man den Brief, vor dem man sich so lange drückte, endlich geschrieben hat und einwirft, und ach, dieses stolze Auftrumpfen, wenn man der Polizei einen Strafzettel zurückschickt, mit Kommentaren reich gewürzt, warum man den hier nun wirklich nicht gewillt ist zu zahlen ... sinnlos, sie kriegen dich ja doch. Es ist schön, in einem Café zu sitzen, das Blick auf einen Briefkasten hat. Man erlebt ganze Geschichten und kann sich allein an der Art, wie da wer was einwirft, zusammenreimen, was geschrieben wurde. Wer es besonders wichtig hat mit seinem Brief, studiert vor dem Einwerfen lange die Leerungszeiten. Wer es noch wichtiger hat, wirft danach nicht ein, sondern geht weiter zum nächsten Briefkasten, der laut Mitteilung fünf Stunden früher dran ist. Und wer es ganz wichtig hat, haut nach dem Einwerfen flott oben auf den Kasten – na, Brief, dann man los, nun mach mal! 9/97

Hausfrauenqualen

also … der Henkel von der Lieblingstasse ist abgebrochen? Kein Problem. Wir haben ja den herrlichen Wunderkleber, bzw. wir haben in der Bastelschublade sechs Tuben mit Wunderkleber, für jedes Material eine. Nun ist aber die für Porzellan selbst so verklebt, dass sie nicht mehr aufzuschrauben ist. Nehmen wir den Schnellkleber für Glas und Keramik. Wie angegeben, säubern wir die zu klebenden Flächen, spülen gut ab, legen die Teile zum Trocknen auf die Heizung. Die Gebrauchsanweisung ist sehr klein geschrieben, aber mit der stärksten Brille dann doch zu entziffern, also an die Arbeit: Die zu verklebenden Teile dünn mit dem Klebstoff bestreichen, einige Sekunden fest zusammenpressen und fertig. Ja. Fertig. Die Finger kleben mit dran. Als ich sie dann loskriege, habe ich den Henkel am klebrigen Daumen statt an der Tasse. Das war wohl nichts. Nächstes Abenteuer: neue Gläser spülen. Um die Etiketten abzukriegen, weichen wir die Gläser ein, und siehe da, sie lösen sich! Nur bleibt auf den Gläsern ein Klebstofffleck (drei f! Auch ohne Rechtschreibreform!) zurück, der aber leicht mit dem eigens dafür erfundenen Stift ab – oh, nicht. Aha. Der

Stift ist eingetrocknet. Nagellackentferner hab ich nicht, wo kein Nagellack, da auch kein Entferner. Aber mit Feuerzeugbenzin geht es schließlich. Sehr schön ist auch das Anbringen von superfest sitzenden Klebehaken an sorgfältig dafür gereinigten Badezimmerfliesen. Zack, nach spätestens zwei Stunden liegen Haken und Handtuch auf dem Boden, der Klebefilm aber haftet für die nächsten zehn Jahre an den Fliesen. Was schließen wir daraus? Dass das, was fest und sicher und sofort kleben soll, eben nicht klebt, aber da, wo nichts kleben soll, klebt es ewig. Das sind die kleinen Leiden, die uns Hausfrauen vor der Zeit altern lassen. «Was tust du den ganzen Tag?», fragt der liebende Gatte abends. Oh, Schatz, ich klebe und entferne Klebendes, aber das wirst du jetzt so schnell nicht verstehen, und vor allem packe ich Dosenöffner, Schrauben und Küchenmesser aus Vakuumverpackungen, wozu ich Nagelfeilen, spitze Scheren und andere Werkzeuge brauche, denn was die Industrie einmal verschweißt hat – warum tut sie das eigentlich? –, das sitzt. So ist man den Tag hindurch beschäftigt. Sehr schön ist auch das Heraustrennen von fest vernähten Etiketten aus Unterwäsche und Pullovern, aber wenn man es nicht macht, führt man wahre Kratz-Eiertänze auf, weil alles so juckt. Und wenn man es nicht richtig macht, hat man schon das erste Loch im Pullover. Ich behaupte ja immer, dass es nicht die großen Katastrophen sind, die uns das Herz brechen. Nein, wir zerbröseln so langsam vor uns hin am Alltagsschrecken, an Suppentüten, die nicht aufzureißen sind, an Milchdosen mit verstopften Löchern, an Staubsaugern, deren Kabel sich eben nicht aufrollt (mein altes Lieblingsthema), an neuen Handtüchern, die auch nach dem Waschen noch nicht abtrocknen, und an Haushaltsfolie, die nie an der gewünschten Stelle reißt, sondern sich zu kleinen Klumpen verklebt. Da sitzen wir und schluchzen, ziehen dann tapfer die neuen roten Schuhe an und gehen einmal um den Block, frische Luft schnappen. Unter den Schuhen kleben die unablösbaren Preisschilder. 10/97

Fremde Autos

also … das fürchte ich immer, wenn mein Auto nicht fährt und eine Freundin sagt: «Kein Problem, nimm doch meins.» Kein Problem? Grundguter Himmel, nichts ist so problematisch wie ein fremdes Auto. Unsere Innenraumdesigner toben sich ja an immer neuen Hebeln, Knöpfen und Bedienungsideen aus, als gelte es, Überraschungseier zu kreieren. Also, zuerst versuche ich, den Leerlauf einzulegen. Das kann schon schief gehen, weil da der Rückwärtsgang ist. (Sagen Sie jetzt bloß nicht: Frauen und Technik! Männern passiert das genauso.) Wo ich das Licht vermute, setzt sich der Scheibenwischer in Bewegung, als ich ihn etwas hektisch ausschalten will, hupt es. Das Fernlicht finde ich nicht, aber dafür heizt sich jetzt die Heckscheibe auf, auch schön. Wenn ich den Sitz nach vorn stellen will, klappt die Rückenlehne weg, und will ich den Außenspiegel verstellen, betätige ich anscheinend den elektrischen Fensterheber und sitze nun im Freien, denn welcher Knopf war das nochmal? Nicht mehr zu finden. Irgendwann steckt der Schlüssel, ich kann losfahren, Gas und Bremse sind zum Glück immer zumindest ähnlich angeordnet, wenn sie auch unterschiedlich reagieren – wo ich bei meinem Auto dreimal auf die Bremse tippen muss, steht diese Karre schon wie ein Felsblock bei der ersten Berührung. Wo macht man bloß das Heizungsgebläse aus? Stattdessen hätte ich lieber das Radio an, aber ich finde den entsprechenden Knopf nicht, und als ich ihn finde, ist nur Senderdurchlauf, wie stellt man das still? Ich kann mich nicht drum kümmern, denn ich muss ja fahren und mir überlegen, wo der dritte Gang wohl ist und ob das der Blinker …? Falsch, jetzt spritzt Wasser auf die Scheiben, und ich sehe nichts mehr. Ach, war das früher schön, als wir links am Steuerrad einen Hebel nur fürs Blinken und Auf- und Abblenden hatten! Jetzt haben wir den Multifunktionsbordcomputer und wollen doch einfach nur geradeaus fahren … Jeder Autotausch wird zum Abenteuer, und wenn das Schiebedach einmal offen ist, geht es nie wieder zu, weil man den Knopf nicht … doch! Da ist er! Falsch, das war der Einsteller für die Tageskilometer. Aber das Allerschönste wartet erst noch auf uns. Wir sind tatsächlich angekommen, mit Gebläse, offenem Fenster, ohne Fernlicht, dafür mit gereinigten Scheiben und Innenlicht. Aufatmen. Motor abstellen. Fenster schließen. Aussteigen. Aussteigen. Aussteigen. Aussteigen! Aussteigen? Wie denn? Wo denn? Das ist doch die Tür, oder? Ja, aber wo ist der Griff? Gibt es keine Klinke? Nein, es gibt keine Klinke. Es beginnt ein zermürbendes Suchspiel. Ein Häkchen? Nein, das war die Zentralverriegelung. Da, der Knopf? Falsch, das Fenster geht runter ... Diese kleine Scheibe? Nein, das war der Aschenbecher. Wo mag der Türöffner sein? Oh, da unten, ganz versteckt unter dem Griff, dieses ... – huch! Nun habe ich die Liegesitzvorrichtung ausgelöst. Es soll Menschen geben, die in geliehenen Autos übernachtet haben, weil die Tür nicht zu öffnen war. Ich warte auf das ganz moderne Auto mit nur noch Bordcomputern, dafür ohne Lenkrad. Wir legen uns hin, geben das Ziel ein, und die Kiste fährt, blinkt, hupt und parkt ein. Nur zum Aussteigen brauchen wir dann noch eine Hilfe. 11/97

Frauen

also ... ich kenne eine Menge ganz toller Frauen, so zwischen vierzig und fünfzig. Sie sind berufstätig, haben schön eingerichtete Wohnungen, fahren Auto, treiben Sport. Es sind Frauen dabei, die in den Wechseljahren etwas moppelig geworden sind, und es sind ganz schmale dabei, die mächtig auf ihre Figur achten. Es sind große und kleine, blonde und grauhaarige und dunkle, lustige und melancholische. Sie sind untereinander befreundet, besuchen sich, kochen ab und zu füreinander, laden sich an heiklen Weihnachtsabenden gegenseitig ein, denn alle haben etwas gemeinsam: Sie leben allein. Sie tun das mehr oder weniger freiwillig – einige leben bewusst ohne Partner, andere haben schmerzliche Trennungen hinter sich, Scheidungen, einige sind schon Witwen. Sie bilden eine Art Netzwerk und fangen sich immer wieder in Krisenzeiten gegenseitig auf, und nicht nur das: Unter Frauen gibt es ungeheuer lustige Feierabende, fröhliche Ausflüge und köstliche Küchenabende. Und doch: Natürlich gibt es auch die einsamen Koller, die Sehnsucht danach, dass einen mal einer, nicht immer «nur» eine, in den Arm nimmt. Dass da mal ein Mann wäre, der vor langen Autofahrten bäte: «Ruf aber an, wenn du gut angekommen bist!» Oder der sich freute und Blumen hinstellte, wenn man zurückkommt. Der schöne Briefe schriebe ... Ich kenne auch ein paar ganz nette Männer, die allein leben – aus denselben Gründen. Sie sind mitunter ganz lässig mit solchen Frauen befreundet. Aber für eine wirkliche Liebe und Zuneigung und Verantwortung reicht es nicht – Männer wollen junge Frauen. Sie wollen Sex. Frauen wollen mit fünfzig auch noch Sex, aber so taufrisch sind sie natürlich nicht mehr und fürchten die abtaxierenden Blicke. Also bleiben sie lieber unter sich – oder allein. Ich weiß nicht, wie die Männer das halten. So ein Freundschaftsnetzwerk wie unter Frauen gibt es, soweit ich das sehe, bei ihnen nicht. Ab und zu wird eine junge Blondine «aufgerissen», es hält in der Regel nicht lange, und man fragt sich übrigens auch, wieso nun wieder hübsche junge Frauen angegraute Bierbäuche attraktiv finden. Aber die Jungens bleiben gewiss nicht allein, und Heiligabend sitzen sowieso die meisten bei Mutter. Die Frauen zahlen den Preis für ihre einschüchternde Selbständigkeit und Unabhängigkeit: Sie sind manchmal einsam. Sie sind keine süßen kleinen Häschen mehr, und das macht vielen Männern Angst. Knackig sind sie auch nicht mehr, und unter ihrer Würde wollen sie sich nicht verkaufen – ein bisschen kuscheln ab und zu, das wäre nicht schlecht.

Aber der tägliche Macho im Bett – nein, danke. Unsere Mütter haben noch durchgehalten und Ehen bis zum bitteren Ende ausgestanden. Die Frauen heute haben keine Lust mehr dazu. Leicht ist es nicht. Aber vielleicht kommt ja das goldene Zeitalter, in dem die Männer erwachsen werden, reife Frauen schätzen und ihnen sogar Freund und Geliebter sein können! Es soll schon drei, vier davon geben. Wir warten weiter.

22/97

Deutsche Helden

also … unter uns leben Menschen, die wir alle kennen, und doch hat sie noch niemand wirklich gesehen. Wir kennen ihre Namen, und wir können uns auch so ungefähr vorstellen, wie sie leben und was sie tun, aber ganz genau weiß es keiner – dabei repräsentieren sie uns doch! Nehmen Sie zum Beispiel mal Lieschen Müller. Lieschen Müller, das sind wir Mädels doch alle, oder? «Die sieht aus wie Lieschen Müller.» «Das kannst du Lieschen Müller erzählen, aber nicht mir.» Wer ist Lieschen Müller? Sie ist mit Sicherheit blond, lebt allein (Fräulein Lieschen Müller) und hat eine kleine Zweizimmerwohnung, vermutlich mit Wellensittich. Lieschen Müller hat sich ihr Leben groß und glänzend vorgestellt, aber es ist anders gekommen und alles ein wenig grau geblieben, sie ist eben nicht Liz Taylor (Lieschen Schneider), sondern nur Lieschen Müller, und wenn wir von ihr sprechen, dann ehrlich gesagt immer etwas abschätzig. Ganz anders dagegen Erika Mustermann. Erika Mustermann ist die zuverlässige deutsche Frau schlechthin. Sie war eine Zeit lang auf jedem Ausweisformular zu sehen, jetzt ist es etwas ruhiger um sie geworden, und sie widmet sich wieder ihrer Familie. (Erich Mustermann leitet ein großes Möbelhaus am Stadtrand, Erika hilft in der Buchhaltung aus.) Sie hat zwei Kinder und wohnt in einem Musterhaus mit Vorgarten, bei ihr herrscht mustergültige Ordnung, und Erika war damals sehr entschieden für die Volkszählung. Wir erinnern uns: Erika und ihre Familie waren so ziemlich die Einzigen, die sich gern und freudig zählen lassen wollten, deshalb wissen wir auch so viel von den Mustermanns, da liegt alles klar und offen auf dem Tisch – im Gegensatz zu Hinz und Kunz. Hinz und Kunz wuseln mal hierhin, mal dahin, sind nicht greifbar, verraten uns ihre Vornamen nicht, tragen kurze Hosen, Socken und Sandalen und haben generell keinen Geschmack, keine Meinung und rennen jedem noch so blöden Trend nach. Mit Hinz und Kunz möchten wir, wenn wir ehrlich sind, nichts zu tun haben, im Ausland begegnet man diesen schrecklichen Zwillingen übrigens auch oft, da heißen die dann aber Krethi und Plethi. Hinz und Kunz treten immer mit Kind und Kegel auf, und wenn wir uns bei den Prospekten, die aus unserer Tageszeitung flattern, fragen, wer denn diese abscheulichen eichenen Schrankwände und diese Sitzgruppen in Kunstleder noch kauft, dann wissen wir es jetzt: Das sind Hinz und Kunz. Hempel möchte mit Hinz und Kunz übrigens nichts zu tun haben. Hempels sind grundanständige, ordentliche Leute – Herr

Hempel ist Abteilungsleiter, Frau Hempel hat einen Schönheitssalon, sie sind tipptopp gekleidet und frisiert, und es gibt nur einen dunklen Punkt in ihrem Leben: Sie sollten mal sehen, wie es bei Hempels unterm Sofa aussieht – grauenhaft. Unbeschreiblich. Otto Normalverbraucher war da mal zu Besuch und geht nie wieder hin, so hat er sich geekelt, er geht lieber mit seinem Freund, dem Gschaftlhuber, wieder zu Theo Meier und ruft aus: «Keine Feier ohne Meier!» (Übrigens ist dieser Meier ein entfernter Onkel von Lieschen Müller, aber das würde jetzt zu weit führen.) 24/97

Unterschiedliche Talente

also ... wenn ich das schon lese: «Und schon haben Sie mit zwei Handgriffen aus dem Schrank ein praktisches Klappbett für Besuch gezaubert.» So, hab ich das? Bin ich vielleicht Donna Magica? Nein, ich bin nur eine Frau mit sehr mäßigem Geschick für alles Handwerkliche, und wenn ich mit zwei Handgriffen aus dem Schrank ein Klappbett zaubern will, dann klemme ich mir zuerst mal die Finger. Wir kennen die Geschichten von verzweifelten Singles, die ganze Wochenenden hinter zurückschnappenden Klappbetten eingeklemmt an der Tapete verbrachten – ich könnte leicht irgendwann dazugehören. Die mit nur wenigen, ganz einfachen Handgriffen zusammenschraubbaren Küchenmaschinen sind nichts für mich. Erst krieg ich sie nicht richtig zusammen, und wenn doch, dann garantiert nie wieder auseinander. Ich habe eben andere Begabungen! Die, mit dem neuen Zaubermittel meine Ceranplatten auf dem Herd – zisch – blitzschnell blitzeblank zu reinigen, gehört allerdings nicht dazu. Wo einmal gründlich Pflaumenmarmelade übergekocht ist, sind Krusten für die nächsten hundert Jahre. Ich muss mich auch davor hüten, voller Sehnsucht auf Strickanleitungen hereinzufallen, nach denen man noch sechs Stunden vor der Bescherung einen herrlichen Norwegerpullover stricken kann. Dicke Nadeln, dicke Wolle und dann bloß links, links, links. Ach ja? Bei mir wird das ein formloser Sack, der in der Truhe mit den «schnellen Schnitten» landet, in die ich niemanden hineinsehen lasse. Da ruhen meine grässlichsten Niederlagen: Bastelarbeiten aus zwei Jahrzehnten, angefertigt mit, wie Mutter gern sagt, «zwei linken Händen, an jeder Hand fünf Daumen». Andere Menschen lernen im Sechs-Wochen-Schnellkurs Chinesisch, machen mal eben eine Stepptanzausbildung und knüpfen zwischendurch noch rasch einen Teppich. Ich hingegen kann nicht in null Komma nix die Gartenstühle neu streichen und aus Stoffresten entzückende Briefmappen basteln. Ja, ich würde es gern können, aber ganz offensichtlich geht es mir gegen die Natur. Ich bewundere Frauen, die das alles können, und die bewundern mich, weil ich seit so vielen Jahren schon tapfer meine Kolumnen schreibe. Dabei brauchen wir uns so dringend gegenseitig! Könnten sie nicht mit zwei Handgriffen aus einem Wandschrank ein herrliches Klappbett für Besuch zaubern, hätte ich keine Themen, über die ich staunend schreiben könnte – so muss man das auch mal sehen. Die Begabungen sind auf dieser Welt sehr unterschiedlich verteilt, und nicht jeder kann alles lernen.

Warum versuche ich, obwohl ich das weiß, hartnäckig immer wieder die verhassten Seitenschlitze an Pullovern so unauffällig zuzunähen, dass man es nicht sieht, und laufe dann mit ausgebeulten Klumpennähten herum? Wohl aus demselben Grund, aus dem Angela Merkel versucht, sich schön zu kämmen: Man möchte so gern! Aber es klappt einfach nicht. Mit diesem Fluch muss man dann eben leben. 25/97

Stille Nacht!

also … es ist wirklich wahr: In diesem Jahr sah ich die ersten Christstollen, Lebkuchen, Printen, Dominosteine und Marzipankartoffeln in meinem Supermarkt am Montag, dem 25. August. Es war ein heißer Sommertag, ich stand da in meinem ärmellosen Stiefmütterchenkleid mit Sandalen und wollte eigentlich Eistee, Mineralwasser und Obst kaufen. Und da war er, der Stand mit den zuckerbemehlten Stollen und den Printen mit Christbaumaufdruck, und ich hatte schon so ein bisschen das Gefühl, dass das eine Kleinigkeit zu früh wäre. Oder? Die in der Nähe arbeitende Fachkraft knurrte: «Ist Anordnung von oben. Ich find's auch reichlich früh.» Von oben? Hatte vielleicht der liebe Gott persönlich … ich wagte nicht zu fragen. Aber warum denn noch nicht «Jingle Bells» oder «Stille Nacht» über die Lautsprecher lief, erkundigte ich mich, denn: wenn schon, denn schon! Oder? Für so viel sarkastischen Scherz hatte die Fachkraft aber keinen Sinn und antwortete nicht mehr. Auf dem Heimweg fuhr ich vorsichtshalber an dem großen Platz vorbei, auf dem immer unser Weihnachtsmarkt ist, und ich war sehr enttäuscht: Keine Buden! Kein

Glühwein! Nichts! So fällt doch alles auseinander – hier schon der Stollen, da noch nicht die richtige Musik, dort Marzipankartoffeln, aber unter welches grüne Tännlein sollte ich sie legen? Ich setzte mich in den Biergarten und bestellte trübsinnig die Brisoletten italienische Art mit Butternudeln, klang gut. «Fragen Sie mich jetzt bloß nicht, was das ist», sagte die Kellnerin, «ich weiß es auch nicht, irgendwas mit Fleischklößchen, so sieht's jedenfalls aus. Alle fragen, und immer denken die in der Küche sich solche Sachen aus.» Ich fragte nicht, ich aß und dachte an Spritzgebäck und Zimtsterne und dass ich noch gar nicht wüsste, was ich Weihnachten kochen würde, dabei war schon August! Ich würde auch gleich heute die Wintersachen und die dicken Schuhe aus der Truhe holen müssen, sonst gäbe es wieder ein Gehetze auf den letzten Drücker, und mein armer Mann müsste im November bei Schneetreiben in kurzen Hosen zur Arbeit gehen. Ja, es wird einem keine Zeit für Muße mehr gelassen, alles ist schnelllebig und anstrengend, und ich war sehr enttäuscht darüber, im August noch keine Bastelanleitungen für Weihnachtsgeschenke zu finden! Ab wann hängt man eigentlich Lichterketten in die Eibe im Vorgarten? Früher war es der erste Advent. Ist Oktober nicht besser? Ich meine, auf irgendwas Festliches müssen wir doch gucken, wenn wir den Stollen schon mal essen. Oder? Oder sollen wir den Stollen noch nicht essen? Was wird aber dann aus all den Leckereien von August bis Dezember? Es muss noch Menschen geben, die im Hochsommer Heißhunger auf Printen verspüren, an die wollen wir schließlich auch einmal denken! Schluss nun mit den nutzlosen Gedanken. Aber ich möchte noch für ganzjährige Weihnachtsmärkte plädieren! Der eine Stand mit Christbaumschmuck kann ja erst im Dezember dazukommen, und den Rest, den es auf unserem Weihnachtsmarkt gibt – Messingbeschläge, Schuhe, Wäsche, Gläser, Honig, Würste aus dem Umland –, den kann man doch das ganze Jahr brauchen. Und dann sollen sie ihre Lieder dudeln, und vielleicht hätten wir dann irgendwann im Dezember wirklich wieder Stille Nacht. 26/97

Mein Bettenleben

also … es gibt eine Sache in meinem Hausfrauendasein, die treibt mich zusehends in die Verzweiflung, na, sagen wir es milder: in eine zornige Ratlosigkeit, und ich weiß auch nicht, wie ich aus dieser Mischung von Planungsfehlern, Kaufwut und Irrtümern wieder herauskomme. Ich muss ganz von vorn anfangen, damit Sie mich verstehen: Als ich ein Teenager war, kaufte meine Mutter regelmäßig Stücke für meine Aussteuer. Meine Freude darüber hielt sich sehr in Grenzen, aber ich konnte es nicht ändern, dass an den Geburtstagen und zu Weihnachten Frotteetücher, Bettbezüge und Kopfkissen auf dem Gabentisch lagen. Mein Dank war eher lau, aber meine Mutter wusste: «Wenn du groß bist, wirst du dich sehr darüber freuen und deiner Mutter nochmal danken.» Nun, es ist anders gekommen. Als ich groß war, hatte man Handtücher mit solchen Mustern nicht mehr und lebte zunächst in WGs, da hätte ich mal mit schneeweißer Damastbettwäsche auftauchen sollen! Mutter stapelte beharrlich alles in ihren Schränken, denn irgendwann wird das Kind ja mal heiraten, und dann … Das Kind heiratete einen 1,98 m großen

Mann. Alle Bettbezüge waren für Daunendecken von 1,30 m Breite und 2 m Länge gedacht. Wir hatten aber eine Decke von 2,20 m Länge, und breiter war sie auch. Die Bezüge passten nicht. Bezüge in Überlänge sind nur sehr schwer zu finden, aber es ging. Dann kamen zwei leichte Sommerdecken ins Haus, je 1,55 m breit und 2,10 m lang. Neue Bezüge mussten her, und ich stand in Wäschegeschäften und dachte: Wie waren nochmal die Maße? 1,35? Bestimmt, der hier mit den Sternchen ist so schön, der wird schon passen ... Er passte natürlich nicht. Dann gab es das Gästebett mit der 2 x 2-Meter-Decke, Ikea, Bezüge passend. Aber die Kissen waren 40 x 80 groß, während alle meine Kissenbezüge für 80 x 80-Kissen gedacht waren, die ich aber schon längst viel zu groß fand und durch kleinere ersetzt hatte. Kurzum: Irgendwann lagen in meiner Wäschekommode Bezüge von so verschiedenen Maßen, dass niemand mehr wusste, was wozu passte. Jedes Bettbeziehen wird zum Lotteriespiel, weil garantiert die ersten drei Bezüge genau nicht zu just dieser Decke gehören, weil es große und kleine Betttücher gibt, Überschlagslaken, die alte Aussteuer, die neuen Schnäppchenkäufe, Selbstgenähtes. Bei jedem Umzug wurden die Betten anders gestellt oder zersägt oder es kam ein neues Bett mit neuen Maßen, das alte wurde das Gästebett, aber die Decken und Bezüge wollen wir für uns behalten, passten bloß nicht mehr auf das neue

Bett, das nun wieder für zwei Decken à 1,55 zu schmal war – es ist zum Auswachsen. Was soll ich tun? Alles weggeben? Mein Bettenleben nochmal neu ordnen? Gerade habe ich endlich eine neue gute Matratze bestellt. Die passt aber nicht in das alte Bettgestell. Und die gemeinsame Riesendecke wollen wir durch zwei Decken ersetzen, ich will aber eine mit nur 2 m Länge, er braucht eine mit 2,20 m. Woran sehe ich aber beim Beziehen (immer in Eile), welcher Bezug zu welcher Decke … Ich gebe es auf. Und so schleppe ich einen qualitativ hochwertigen, in dieser Menge aber nutzlosen Wäschestapel durch mein Leben. Nein! Er mag noch für diese Kolumne getaugt haben. Gleich heute: weg damit. Aber Vorsicht: Welche Bezüge muss ich für welche Decken behalten? 2/98

Falsches Deutsch

also ... irgendwann musste ich mal lachen über wirklich falsches Deutsch im Fernsehen. Oder in Zeitungen. Und dann häuften sich die Beispiele für falsches Deutsch so sehr, dass an einen Zufall nicht mehr zu glauben war. Was für eine Sprache sprechen wir eigentlich allmählich? Wohlgemerkt, ich meine jetzt nicht die unsäglich mitteilungsbedürftigen Muttermörder, Tierquäler, Sadisten oder Autofahrer, die es in die Talkshows drängt, damit sie vor der Welt bekennen können: «Ich hab ebent mein Mutter nicht leiden können, weil dass die mich geschlagen hat» oder «So schnell fahren is für mich das Geilste wo gibt». Ich meine die Moderatoren und Nachrichtensprecher, die Politiker, die Reporter in ihren Kommentaren, die Texte zu Dokumentationen. Die Haare stehen einem zu Berge, wenn es schon im einfachsten Schlagertext heißt, dass «wegen dir» nun alles schöner ist. Mussten wir nicht mal meinet-deinet-seinetwegen deklinieren? Aber gut, haken wir das noch ab unter Umgangssprache. Warum aber auf einem «Spiegel»-Titel «Pfusch am Herz» statt «am Herzen» steht, ist schon weniger einsehbar. Die Mediensprache verschludert zuhörends – gibt es das? Oder habe ich jetzt ein neues, scheußliches Wort geschaffen? Das hört sich quer durch die Sender etwa so an: «Heute gedachte die Stadt dem Tod von zwei Bergleuten.» – «Als das Ehepaar in ihr Hotel zurückkommt, sehen sie ...» Auch schön, gleich zwei dicke Fehler in so wenigen Worten. «Aus dem Baby Amos, der 1994 zur Welt kam, wurde inzwischen ...» Richtig! Der Baby, nicht wahr? «Dank den Spenden und der Hilfe unserer Zuschauer ...» Wenn es doch hinten geht mit dem Genitiv, warum dann nicht vorn auch? «Es ist ein Ort, an dem die Leute mit Freude hinkommen.» An dem? Sie kommen doch wohl an den Ort, jaja, «kaum etwas hat so vielen Menschen ihren guten Ruf gekostet», auch schön falsch. Kann es sein, dass Leute, die Fernsehen machen, inzwischen gar nicht mehr lesen und nicht wissen, was das ist, Sprache? Und als der Komet am Himmel stand, hatte laut Reporter die Sternwarte «jede Nacht zu tun, um Beobachter von der Schönheit des Komets zu begeistern», wobei man nur *für* etwas begeistern kann, und das Kometen-s gehört da auch nicht hin. «Das Tolle ist, mal eine andere Seite auszuleben zu können.» Wenn man aus lauter Angst gleich zwei Zus zu gebrauchen versteht, wird es darum nicht besser, und wenn es über Arnold Schwarzenegger heißt, dass «eine defekte Herzklappe des Heldens ersetzt wurde», ist das genauso falsch wie die Bemerkung, dass er «trotz seines Herzklappenfehlers und seinem extremen Körperbewusstsein» täglich eine Havanna raucht. Und das sind alles Sätze aus vorgefertigten Texten, nicht etwa spontan live formuliert, was sowieso nur noch Harald Schmidt geschliffen und fehlerlos kann – wofür er ja im Mai auch zu Recht den Medienpreis für Sprachkultur verliehen bekommt. Sogar einem Hellmuth Karasek passiert es, dass er sagt: «Sonst haben sie kein Vehikel, mit der sie ihre Meinung ausdrücken können.» Ätsch, aber für mir ist meine Kolumne einen Vehikel, wo ich mich mit auszudrücken kann.

4/98

Autowäsche

also ... neulich wollte ich auch mal eine gute Deutsche sein: Ich habe mein Auto gewaschen. Ich gehöre nicht zu denen, die das regelmäßig jedes Wochenende tun und mit Lauge, Schwamm und Eimerchen ins Grüne fahren, was, soviel ich weiß, verboten ist. Wegen der Umwelt? Oder wegen des starken Verbandes der «Bundesfachgemeinschaft gewerbliche Autowäsche im Bundesverband des Deutschen Tankstellen- und Garagengewerbes (BTG)» – das gibt es nämlich wirklich?

Ich fuhr also zum BTG, will sagen, zur Waschanlage in meiner Nähe, denn mein Auto war nun schon sehr, sehr lange nicht gewaschen worden, und ich hätte gern gewusst, was für eine Farbe es eigentlich hat. Also auf zur nächsten Waschstraße und – ja, und. Und einreihen in die Warteschlange. Ich wusste nicht, wie viele Menschen ihr Auto waschen! Am ersten Tag dachte ich noch an einen Zufall, vielleicht eine indische Hochzeitsgesellschaft oder ein dörflicher Wettbewerb, «Unsere Autos sollen schöner werden», und fuhr natürlich sofort wieder nach Hause. Am nächsten Tag war es aber genau dasselbe – eine Warteschlange.

Und die war da am Dienstagmorgen, am Donnerstagmittag und erst recht am Freitagnachmittag. Was sind das für Menschen, die an einem Mittwoch um elf Uhr ein – verglichen mit meinem – blitzsauberes Auto waschen? Sind das alles Arbeitslose mit zu viel Zeit? Haben denn Arbeitslose solche dicken Autos? Sind es Hausfrauen, die etwas Lustiges unternehmen wollen? Sind es Chefs? Schicken sie den Lehrling? Das alles war höchst rätselhaft, und nun musste ich auch noch zwischen verschiedenen attraktiven Programmen wählen – was nimmt man da? Glanz? Wachs? Unterbodenschutz? Ich hatte an eine einfache Reinigung gedacht ... Die Warteschlange war so lang, dass ich mir die Wartezeit pfiffig schon mal mit Staubsaugen vertreiben wollte. Ging aber nicht – auf den Staubsaugerhof kommt man nur bei Ausfahrt aus der Waschstraße, vorher nicht. Und da jeder saubere Deutsche gute zwanzig Minuten saugt, macht Warten dort nur Sinn, wenn man Staubsaugen für etwas Wundervolles hält. Ich hab andere Hobbys. Der Kassierer machte mir klar, wie ungern er Bargeld nimmt und wie viel ich mit dem Zehner-Münzpaket spare – so was leuchtet mir ein, aber nun sitze ich da mit neun Münzen! Neun Münzen! Lebe ich noch so lange, dass ich noch neunmal mein Auto waschen werde? Oder kenne ich Leute, die sich freuen würden, wenn ich ihnen zum Geburtstag eine Waschmünze schenke? Es gibt bestimmt Menschen, für die eine Fahrt durch die Waschanlage ein köstlicher Freizeitspaß ist. Man legt den Leerlauf ein und fährt durch wirbelnde Bürsten, Wasserschauer, Spritzdüsen und den dschungelwarmen Trockenraum. Vielleicht ist das für viele eine Art Phantasialand für Erwachsene? Ich aber habe meist einen Hund dabei, der einen Koller kriegt in diesem Inferno. Und alles nur, damit mir der Außenspiegel abbricht, die Scheiben schlierig werden und die Nachbarin spitz sagt: «Na bitte, es geht doch!»? Ich gebe zu: Das Auto sieht wieder gut aus. Fährt aber eigentlich genau wie früher. Vielleicht passen die Münzen in die Einkaufswagen im Supermarkt? 6/98

Was ist Glück?

also ... was ist eigentlich Glück? Ein Sack voll Geld? Mann, Haus, Kind? Der Nobelpreis? Macht sicher alles sehr glücklich. Aber das allein kann es auch nicht sein – mit einem Sack voll Geld kriegt man ein verlorenes Bein auch nicht wieder, und der Nobelpreis heilt keine Migräne. Was ist denn nun aber Glück? Ist es für jeden etwas anderes? Als Kind war man glücklich über ein Geschenk, ein Eis, einen Kinobesuch. Über jedes neue Buch habe ich mich gefreut. Heute werde ich mit Büchern so zugeschüttet, dass ich die Freude am einzelnen Buch mühsam in Einzelfällen konstruieren muss. Und ich habe einen schönen Beruf, nette Freunde, habe Erfolg und bin gesund. Bin ich automatisch glücklich, oder machen mich meine dünnen Haare immer noch so unglücklich wie mit zwanzig? Ach nein, schon lange nicht mehr. Aber ich habe etwas bemerkt: Glück ist kein Zustand. Es gibt glückliche Umstände, glückliche Fügungen, glückliche Zufälle. Glück – das sind Augenblicke. Da kommt ein Moment, in dem gar nichts Besonderes geschieht – man sitzt vielleicht im Zug, sieht hinaus, und man sieht irgendwas, das schön ist oder an die Kindheit erinnert, und auf einmal ist da ein Moment von Glück. Ganz warm wird einem. Alle Probleme sind für einen Augenblick weit weg, die Seele kommt zur Ruhe. Oder der erste Kaffee, das erste Glas Wein im Freien, in der Sonne, mit kurzen Ärmeln, nach dem langen Winter – da ist es wieder, ein unerhörtes Glücksgefühl. Sogar in unglücklichen Situationen stellt es sich ein. Als ich sehr elend krank war und dann endlich im Krankenhaus lag, im weißen Bett am Fenster, eine Infusionsnadel im Arm, eine Krankenschwester neben mir – alle Angst, alle Schmerzen flogen weg bei dem ungeheuren Glücksgefühl: Hier bin ich gut aufgehoben, sie sorgen für mich, mir kann jetzt nichts mehr passieren. Eine Geschichte von Margriet de Moor fängt mit dem Satz an: «Ich war eine glückliche Frau.» Diese niederländische Autorin ist die Weltmeisterin der ersten Sätze! Wer würde hier nicht weiterlesen wollen – warum «war»? Was ist passiert? Wo ist das Glück geblieben? Die Erzählung handelt davon, dass man das Glück nicht merkt, wenn es da ist, sondern erst, wenn man es verloren hat – in der wehmütigen Rückschau. Da ist was dran, und das sollte uns zu denken geben. In Goethes «Faust» sagt Faust zu Mephisto, als sie ihren Pakt schließen: «Werd ich zum Augenblicke sagen: Verweile doch, du bist so schön! Dann magst du mich in Fesseln schlagen, dann will ich gern zugrunde gehn!» Der Mann, der kein Glück mehr empfinden kann, ist bereit, für einen einzigen Glücksmoment seine Seele zu verkaufen. Jeder ist seines Glückes Schmied? Nein, es müssen schon glückliche Bedingungen zusammenkommen, und die haben manche Menschen in ihrem ganzen Leben nicht. Aber selbst wenn man sie hat – das Glück ist wirklich jeweils nur ein Augenblick; oder sagen wir so: Aus der Fülle der aneinander gereihten glücklichen Augenblicke kann es am Ende entstehen, das glückliche Leben. Lernen wir also, sie zu bemerken und sie, wenn sie da sind, ein wenig festzuhalten! 7/98

Exotisches und Hausmannskost

also … neulich stand in einem besonders großen und reich sortierten Supermarkt eine kleine alte Frau neben mir und guckte zu, wie ich Avocados aussuchte. «Entschuldigen Sie», sagte sie dann schließlich, «was ist das?» – «Das? Avocados», sagte ich, und sie fragte: «Und was ist das, Avocados? Obst oder Gemüse?» Ich wusste es auch nicht so genau. «Äh, so dazwischen», sagte ich, «vielleicht eher eine Art Gemüse.» – «Wie isst man das?», wollte sie wissen. Ich erklärte ihr, dass man aus dem Fruchtfleisch (Frucht? Obst?) ein grünes Mus machen könne, man könne die Avocados aber auch aufschneiden, den dicken Kern entfernen, Zitrone in die beiden Hälften träufeln, Pfeffer und Salz dazu – «Zitrone mit Pfeffer und Salz?», fragte sie erstaunt. «Ja», sagte ich, «macht man doch bei Salatsoße auch manchmal.» – «Nein», wehrte sie entschieden ab, «wenn ich Salat mit Zitrone mache, dann kommt auch ein bisschen Zucker dran. Pfeffer und Salz nehme ich nur bei Essig und Öl.» Ich gab ihr irgendwie Recht. «Schmeckt das?», wollte sie wissen und zeigte auf das grüne Ei. «Mächtig gut», nickte ich, und sie ließ gar nicht locker. «Wann essen Sie so was, als Nachtisch oder vor dem Essen?» – «Eher vorher», sagte ich, und sie kam noch näher. «Woher wissen Sie das alles?», fragte sie. Ja, woher weiß ich das? Aus dem mexikanischen Restaurant, von Freunden, von Reisen. Sie seufzte. «Wissen Sie, ich steh hier oft an den Obst- und Gemüseständen und habe keine Ahnung, wie die Sachen heißen, wie man sie isst, ob man sie kochen muss und wie, und nie ist jemand da, der es einem erklären könnte. Die Verkäuferinnen wissen es doch auch nicht. Das da zum Beispiel», sagte sie und zeigte auf gelbe Sterne, «das kennt niemand. Sie verkaufen es hier, und keiner weiß, was das ist. Wissen Sie es?» – «Karambolen», sagte ich vorsichtig. Ich war einmal in der Karibik, da schmeckten die gelben Sterne frisch und wunderbar, hier in Deutschland sind sie so wässrig wie die meist unreif geernteten Ananas, im Grunde eignen sie sich nur zur Dekoration. Die kleine alte Frau war ratlos. «Das da», sagte sie, «was soll das sein? Kirschen mit Stacheln?» Ich versuchte ihr zu erklären, was Lychees sind und dass man sie einfach auspellt, wie gekochte Eier. Wir stibitzten eine, ich pellte, sie steckte sie vorsichtig in den Mund – ich stand Schmiere, dass niemand guckte. «Vorsicht», warnte ich, «dicker Kern!» Sie lutschte, spuckte den Kern in ihre Hand, staunte. «Schmeckt nicht schlecht», sagte sie, «aber so viel Getue wegen so wenig Fleisch und so einem dicken Kern? Da sind Kirschen doch vernünftiger, oder?» Ich hatte über Kirschen unter diesem

Aspekt noch nie nachgedacht. «Sagen Sie mal», fragte ich nun und zeigte auf etwas Grünes. «Was ist das denn, das wissen Sie doch sicher?» – «Oh», strahlte sie, «das ist Mangold, ein wunderbares Gemüse, man kocht es etwa wie Spinat, es schmeckt aber viel besser.» Wir mussten beide lachen. «Sehen Sie», sagte ich, «Sie kennen die neumodische Exotik nicht, und ich kenne Großmutters Gemüsesorten nicht mehr. Ich wüsste nicht, wie man aus Weißkohl Sauerkraut macht.» Sie erklärte es mir, und ich beschrieb ihr dafür, wie man Mangos und Kiwis isst. Und da machen wir Witze über die Ostdeutschen, die beim Fall der Mauer angeblich Salatgurken nicht von Bananen unterscheiden konnten! 10/98

Alles Betrug!

also ... warum wird man eigentlich in der Regel überall betrogen? Nicht wirklich schlimm, aber immer so ein bisschen. Da kauft man auf dem Markt zehn Apfelsinen, und siehe da: Eine ist matschig, vom Verkäufer geschickt in die Tüte geschummelt. In dem Schälchen Erdbeeren sind garantiert ganz unten zwei schimmelige. Und es kann völlig schief gehen, wenn man Blumen bestellt und nicht an Ort und Stelle selbst aussucht – immer sind ein paar welke Ladenhüter, viel füllendes, wertloses Gestrüpp oder eine gelbe Scheußlichkeit mit Draht im Stiel dabei, die man gewiss nicht haben wollte. Langstielige rote Rosen! Was soll das, diese überlangen Stiele? Nach zwei Stunden schon lassen die Rosen die Köpfe hängen, und eine im Strauß hatte gar keinen Kopf, nur einen Stiel. Gut gemacht, Verkäuferin! Wenn man nicht beim Einkaufen immer und immer höllisch aufpasst, kriegt man zu vier frischen Brezeln eine alte gemogelt, und ich bin auch oft selbst schuld. In vielen Kaufhäusern kann man Glühbirnen, die man kauft, kurz testen. Ich bin eilig, ich hab keine Lust zum Test, ich denke: Wird schon gehen. Ja, Pustekuchen. Geht eben genau nicht, zu

Hause zeigt sich: Die Birne ist kaputt. Fahren Sie wegen einer defekten Glühbirne nochmal zurück in die Stadt, ins Parkhaus, in den vierten Stock? Schön auch die Freuden im Lebensmittelladen, wenn das Preisschild exakt auf dem Verfallsdatum klebt, aber das merkt man erst zu Hause und ätsch, das Verfallsdatum war gerade gestern. Oder Minen für Tintenroller – erst passt keine, dann findet man endlich die richtige, dann schreibt man damit einen Tag und zack, leer. Ausgetrocknet. Wem will man die nun an den Kopf werfen? Und warum sind Faxrollen und Kugelschreiberminen nicht genormt und man kauft immer die falschen? Warum weiß ich nie, welche Staubsaugerbeutel ich brauche? Aber das ist wieder ein anderes Problem. Nur wenn ich die (falschen) Staubsaugerbeutel, die (falschen) Kaffeefilter und die Apfelsinen (mit der matschigen), die Erdbeeren (mit den schimmeligen) und die Zwiebeln (mit den drei faulen) in die Plastiktüte stecke und nach Hause tragen will – warum reißt dann der Tragegriff? Zur Strafe. Weil ich kein Jutetäschchen dabeihabe. Jaja.

Warum aber sehe ich nicht schon im Geschäft, dass an der Bluse, die ich kaufe, ein Knopf fehlt? Und warum geht mir der Reißverschluss von der neuen teuren Samthose, ratsch, beim allerersten Anziehen kaputt? Ist das nur Pech, oder hab ich mir da wieder was andrehen lassen? Und hat mir der junge Herr an der

Theaterkasse extra und nur um mich zu ärgern die Karte hinter den beiden Riesenkerlen verkauft, sodass ich nun wirklich nichts sehen kann? Und wenn ich vier Kisten Wein bestelle und davon haben fünf Flaschen einen Korkgeschmack – was mach ich da? Schicke ich fünf offene Flaschen nach Rheinland-Pfalz, und wenn ja, wie? Wenn ich den Winzer anrufe, sagt er: «Kann ja gar nicht sein.» Pah, kann aber doch. Freunde, wir sind gegen Alltagstücken nicht gefeit. Es gehört dazu, betrogen zu werden. Rächen wir uns doch ein bisschen, wenn wir einen kleinen Kratzer auf dem teuren Lederkoffer finden und ihn dafür sehr viel billiger kriegen. Schmerzensausgleich nennt man das.

11/98

Ein kleines Stück vom Glück

also ... früher standen bei mir Schälchen mit Bonbons herum, immer lag eine Tafel Schokolade auf dem Schreibtisch, um Weihnachten herum kein Tischchen ohne Marzipankartoffeln, Ostern waren es Schokoladeneier, im Sommer Erfrischungsstäbchen, im Winter Cremehütchen. Ja, ich oute mich: Ich nasche gern. Aber man wird ja älter und dabei nicht unbedingt schlanker. Und dass Süßes nicht gesund ist, lesen wir täglich, auch schicken die Zähne mitunter Signale, und die Blutwerte sind nicht so, wie der Doktor sie gern hätte. Hinweg also von Schreib- und Nachttisch mit den süßen Schälchen! Auch beim abendlichen Fernsehen werden keine Zuckerplätzchen mehr geknabbert, sondern gesunde Nüsse und ungeschwefelte Aprikosen. Aber, das werden Sie ja wohl zugeben, man braucht doch ein paar Kekse, ein wenig Kuchen auf Vorrat, falls plötzlich Besuch kommt! Und mal etwas Süßes zum Nachmittagstee knabbern – das muss möglich sein, welchen Spaß würde das Leben sonst denn noch machen? Also habe ich eine Naschschublade eingerichtet. (Für Einbrecher: Es ist die dritte von oben.) Oben: Besteck; zweite Schublade: Haushalts-

und Alufolie, Schere, Mülleimertüten; dritte Schublade: Kekse, Zitronenrollen, Marzipanherzen, Malzbonbons, Schokolade, Negerküsse. (Moment, ich muss mal eben in die Küche, dritte Schublade von oben.) Ich hole immer nur ein Stückchen Schokolade, eine Praline, ein kleines Eckchen Marzipan, dann zurück an die Arbeit. Nach einer halben Stunde stehe ich wieder auf, tu so, als würde ich ins Bad schlendern, um nachzusehen, ob die Nase noch im Gesicht ist, und mache zack, den nächsten Abstecher zur Naschschublade. Sie leert sich. Beim Einkauf verkneif ich mir die Süßwarenecke, ich geh nur ganz kurz hin, weil ich ja die Naschschublade auffüllen muss, ein bisschen Joghurtschokolade, die macht ja geradezu schlank, ein paar leichte Riegel für zwischendurch, die Bonbons, von denen ich gleich zwei nehmen soll, die mit einer Extraportion Milch – ja, die Werbung tut ihr Bestes, um uns einzureden: Naschen ist gesund, Sie müssen nur das Richtige nehmen, und das Richtige, das ist natürlich nur unser Produkt. So füllt sich die Naschschublade, und so leert sie sich auch wieder, und es war lange kein Besuch da, dem ich eine Zitronenrolle hätte anbieten können, aber verschimmeln soll sie ja auch nicht, hinein damit in den gierigen Rachen. Ich kann's nicht lassen. Süßes hebt die Laune, und wenn ich es schon nirgends in der Wohnung mehr drapieren darf und jedes Mal eine Wanderung und eine Anstrengung unternehmen muss, um mir ein kleines Stückchen davon zum Glück zu holen, dann will ich wenigstens beim Griff in die Dritte von oben nicht enttäuscht werden. Immerhin stehe ich jedes Mal auf dafür, muss mich jedes Mal bewegen, ein paar Schritte gehen – kann man Naschsucht und Körperertüchtigung, Beherrschung und Lust schöner miteinander in Einklang bringen? Ich biete Ihnen, liebe schokoladensüchtige Leserin, meine Lösung an: die Dritte von oben.

15/98

Die Liebe ist eine Baustelle

also ... neulich hatte ich eine Lesung vor Studenten. Ich las eine alte und eine neue Liebesgeschichte, eine traurige und eine komische, und hinterher kamen Fragen. «An was schreiben Sie jetzt?» Immer an Liebesgeschichten, weiß der Himmel, warum mir alles in diese Richtung gerät – aber letztlich handelt, glaube ich, alle Literatur nur von diesen beiden Themen: Liebe und Tod. Die Studenten wollten nun über die Liebe mit mir diskutieren. Er sei, sagte einer, immer nur enttäuscht von der Liebe. Erst gebe es Versprechungen und Schwüre und Küsse, und hinterher sitze man wieder allein da. Auf die Liebe, klagte er, sei kein Verlass – sie sei einfach nicht von Dauer. Ja. Da hat er Recht. Weil die Liebe kein Projekt ist, sondern eine ewige Baustelle. Wenn man sich auf sie einlässt, hat man alles inklusive: die Schmerzen und das Glück, Tränen und Lachen, durchweinte und durchliebte Nächte, das Kribbeln am Anfang und das Frieren am Ende. Ja: Das Ende kommt irgendwann, fast immer, denn die Liebe ist keine stabile Bank, keine Institution, in der man sich einrichten kann. Und trotzdem: Ohne Liebe ist alles nichts, das weiß jeder, der schon geliebt hat. Ob ich mich denn, wollte jemand anderes wissen, immer noch verlieben würde? Schließlich sei ich ja nicht mehr die Jüngste und überdies verheiratet und überhaupt ... Natürlich verliebe ich mich immer wieder. Gerade neulich: in eine wunderschöne alte Frau, zart, fein, klein, sehr elegant. Sie ging im Park spazieren, und ich konnte mich an ihrem klugen, schönen Gesicht nicht satt sehen und dachte: Erstens – so möchte ich auch mit achtzig aussehen, und zweitens – die würde ich wahnsinnig gern kennen lernen. Ich verliebe mich minutenweise auf Bahnsteigen, zack, ein Blickwechsel mit einem schönen Mann, ein Blick hin, einer her, ein kleines Lächeln – und das Herz klopft. Ich verliebe mich in einen prächtigen Hund und in einen weichen Kater, in einen Barkeeper, der mir völlig gekonnt und leicht flirtend genau den Drink macht, den ich will, und mich vor Männern schützt, die mich ansprechen möchten, was mit Liebe weniger zu tun hat als mit – na, Sie wissen schon. Man kann sich überall und ständig ein bisschen verlieben, es ist eine Frage von Senden und Empfangen, es funkelt, es glitzert, es tut gut, man fühlt sich sehr lebendig dabei. Es muss weder im Bett landen noch für die Ewigkeit halten, es ist einfach nur das, was der wunderbare Schriftsteller Otto Jägersberg in seinem Gedichtband «Wein Liebe Vaterland» (Diogenes-Verlag) schrieb: «Liebe, ach mehr Liebe. Wie erklär ich das in der Fußgängerzone morgens um zehn. Es ist nicht nur die Lust auf Sie liebe Frau. Es ist mehr, viel mehr. Mehr Liebe, bitte.» Hören wir doch einen Augenblick auf unsere Dichter: Mehr Liebe, bitte! 19/98

Beim Packen hilft Härte!

also … vor kurzem bin ich für eine Woche nach New York geflogen – eine der wenigen Reisen, die mir Spaß machen und die ich alle Jahre wieder antrete. Eine Freundin wollte nach dem «Abschiedsessen» zeitig gehen und sagte: «Du musst ja noch packen.» Ich zeigte auf mein Täschchen im Flur. «Hab schon gepackt.» Sie war fix und fertig. Ein Täschchen? So klein? Für eine ganze Woche? Sie musste sich setzen und zählte mir auf, was sie alles braucht, wenn sie für eine Woche verreist. Ich hab es schon einmal mit angesehen: einen riesigen Koffer mit Klamotten, eine Extratasche für Schuhe, Bücher, Kosmetikkram, eine Handtasche (groß! groß!) mit allem Nötigen für unterwegs, und wenn sie gar mit dem Auto fährt, kommt noch eine Reisetasche mit «Man weiß ja nie!» dazu. Ich brauche für eine Woche ein Kleid, ein Paar Jeans, zwei T-Shirts, einen Blazer, sieben Unterhosen, ein Paar bequeme und ein Paar gute Schuhe, ein bisschen Kosmetikkram und ein schwarzes und ein weißes Unterhemd. Ich sage das nicht stolz und so, als wäre ich ein besserer Mensch. Aber mir fällt Packen von jeher leicht, und ich kann mir einfach nicht vorstellen, dass man sich – sagen wir, in New York – sechsmal umziehen muss, täglich anders aussehen oder für alle Wetter, von Tropenhitze bis Eissturm, gerüstet sein muss. Ich glaube, dass viele Frauen nur aus Verzweiflung mit so viel Gepäck reisen – es ist die Verzweiflung, sich nicht entscheiden zu können. Was, wenn mir das Grüne an dem und dem Tag so gut stehen würde, und dann habe ich aber das Rote eingepackt! Ja, da kann man nix machen. Man muss sich entscheiden und beschränken, und es scheint, als wäre das eine Riesenhürde für viele Frauen, die ich mit schweren Koffern und Taschen sich abschleppen sehe. Ich denke, dass es zur Not auch in New York oder anderswo das eine oder andere Geschäft gibt, in dem man nicht nur etwas einkaufen kann, sondern sogar etwas einkaufen möchte? Natürlich fahre ich mit einem Paar Jeans nach New York und komme mit vier Paar zurück, das Heimreisegepäck ist immer größer als das Hinreiseköfferchen. Ach, bei der Gelegenheit fällt mir eine schöne Geschichte ein, die ich Ihnen nicht vorenthalten will: Ein deutscher Fernsehsender weigerte sich mal, einem Filmteam zu hohes Übergepäck auf der Heimreise zu bezahlen – alle hatten tüchtig Souvenirs in Afrika eingekauft, und das sei, sagte der Sender knauserig, nun wirklich Privatsache. Beim nächsten Mal nahmen alle schon bei der Hinreise ein paar Ziegelsteine im Gepäck mit – die Hinreise wird ohne

Murren bezahlt, und ein Ziegelstein tut auch anderswo in der Welt gute Dienste und schafft Platz für Souvenirs. Es soll auch Leute geben, die in der Fremde ihre alte Garderobe auftragen, alles im Hotel hängen lassen und neu eingekleidet nach Hause fahren. Wir sehen: Es gibt immer eine Möglichkeit, das Täschchen klein zu halten. Meine – die der rigorosen Vorentscheidung – halte ich aber immer noch für die beste. Versuchen Sie es mal, es geht: eine Woche New York ohne Nadelstreifenanzug, Abendtäschchen, lila Pumps, das Geblümte, das Schwarze, die Seidenbluse, das Samtjäckchen, die … 20/98

Etikettenwahn

also ... wenn Sie Frauen sehen, die unruhig auf ihrem Stuhl herumrutschen, sich blitzartig mit der Hand in den Nacken fahren und sich an Wänden reiben oder von begleitenden Freunden am oberen Halsrand kräftig kratzen lassen, dann erleben Sie da nicht einen Fall besonders tragischen Hautausschlags, sondern Folgen des Etikettenwahns. Der Etikettenwahn ergreift alle, die Kleidung und Wäsche herstellen. In jedes Hemdchen, Pullöverchen, Blüschen, in jedes Kleid, jeden Unterrock, jede Jacke, in weiche Sport-BHs und einfache T-Shirts wird hinten oben Mitte ein Etikett genäht. Es ist aus möglichst hartem, möglichst schneeweißem Stoff, mit möglichst kratzenden Nylonfäden möglichst so in die Naht verarbeitet, dass man es nicht oder nur sehr schwer heraustrennen kann. Es ist bedruckt mit dem Markennamen, und meist ist direkt daneben nochmal ein kleineres, ebenfalls bombenfest angenähtes Schildchen mit der Größenangabe. Diese Etiketten treiben auch die geduldigste Frau irgendwann in den Wahnsinn. Sie kratzen, sie pieken, sie stehen hinten hoch und gucken raus, sie schimmern bei dünnen Stoffen gnadenlos durch, sie verraten, welche XXL-Übergröße wir haben, und sie sind so unnötig wie ein Kropf. Denn an der linken Seitennaht innen kommt das Ganze nochmal: Diesmal dreimal so groß, mit Waschanleitung, Materialangabe und Bügeltipps, und meist ist auch noch ein Ersatzknopf mit angenäht. Auch dieses Etikett kratzt, raschelt, schimmert durch und stört. Immer sind die Dinger hellweiß, immer mit entsetzlichen Garnen oder Plastikfäden geradezu eingeschweißt, und immer muss man mit der Nagelschere hantieren, um das Zeug herauszubekommen. Wie viele Löcher habe ich mir dabei nicht schon in funkelnagelneue Pullover geschnitten, wie viele Seitennähte aufgetrennt, wie oft geflucht! Dabei soll es sogar Frauen geben, die ein H&M-Etikett raustrennen, nur um eins aus einem alten Jil-Sander-T-Shirt reinzunähen! Es könnte ja jemand hinten in den Halsausschnitt gucken, und dann ... Etikettenschwindel der besonderen Art. Der Etikettenwahn treibt noch andere Blüten: Auf Jackett- oder Mantelärmeln zum Beispiel prangt manchmal plötzlich unten rechts außen der Firmenname, und manch einer trägt ihn da stolz spazieren und denkt, dass das wohl so sein muss, wie ja auch auf der roten Vase «Echt Murano» klebt, auf den Weingläsern «Echt Kristall» und auf der Handtasche «Echt Leder». Von Etiketten auf normalen Haushaltsgegenständen, die nie wieder abgehen, haben wir an dieser Stelle schon geschwärmt, die sind heute mal nicht dran. Heute geht es mir um die Turnübungen, zu denen uns die etikettenverliebten Firmen zwingen, wenn sie sie direkt hinten am Hals platzieren, da, wo er am empfindlichsten ist. Wissen die nicht, dass wir das meistens sofort heraustrennen? Nicht? Dann wissen sie es hiermit. Und vielleicht, bitte, kleben sie sie in Zukunft rein oder nehmen wenigstens einen ganz leichten Faden, den man quasi herausziehen kann, ohne das Kleidungsstück zu zersäbeln. Denn dass das Ganze von – sagen wir: Benetton – ist, steht doch ohnehin gern nochmal vorn quer über der Brust, eingewebt, eingestickt, in entzückenden Farben. Wir laufen alle brav Reklame, dann kann doch der rot gescheuerte Hals, bitte, ein wenig Pause haben! 22/98

Vom ewigen Warten

also ... eigentlich ist das ganze Leben eine einzige lange Warterei. Wir warten immer. Wenn wir Kinder sind, warten wir aufs Großwerden, ohne zu ahnen, wie schnell das kommt und wie alles in allem enttäuschend und anstrengend es dann sein wird. Wir warten darauf, dass die Schulglocke zur Pause klingelt und dass die großen Ferien beginnen. Und in den Ferien warten wir auf Sonne und darauf, dass ER endlich schreibt. Nachdem wir lange genug auf einen Studienplatz gewartet haben, warten wir bei der Studentenvermittlung auf Jobs; wenn es ganz schlecht kommt, verbringen wir anschließend viel Zeit, sehr viel, mit Warten auf dem Arbeitsamt. Es gibt ganze Berufsstände, die eigens Zimmer für das Warten eingerichtet haben – Zahnärzte, Rechtsanwälte, Gynäkologen. Da warten wir Stunden unseres Lebens ab, lesen in Illustrierten, die uns vom Leben der Prinzessinnen erzählen, und fragen uns, ob die auch dauernd warten müssen oder eigentlich immer sofort drankommen? Ach, die warten auch, wie wir wissen – auf die Liebe, auf das Glück, darauf, dass der Gatte endlich König wird oder dass die Schwiegermutter doch mal lächelt.

Wir warten vor den Umkleidekabinen in den Kaufhäusern, wir warten an den Kassen von Kino und Theater, und wir warten in der Pause auf ein Glas Sekt. Danach warten wir an der Garderobe auf den Mantel und anschließend auf die Straßenbahn. Viel wird auch auf Bahnhöfen gewartet; wenn ich all die Verspätungsminuten zusammenrechne, die mir Züge schon beschert haben, komme ich auf ganze Wochen vertrödelten Lebens. Was geschieht eigentlich mit dieser ganzen verwarteten Zeit? Wir sitzen oder stehen da oder gehen hin und her, wir denken nach, lesen, träumen, wir ärgern uns, wir beobachten die anderen Wartenden, und auch daraus setzt sich das Leben zusammen: Aus Mußezeit, geschenkt da, wo wir sie eigentlich nicht geschenkt haben möchten. Müssten wir nicht dauernd warten, würden wir ständig hektisch irgendwas tun, es fällt einem schon immer etwas ein, was noch erledigt werden müsste. Nein, geht nicht. Erst mal warten, dass die Post aufmacht, dass der Handwerker kommt, dass der Kater aus der Narkose erwacht, dass die Winterreifen gewechselt werden, dass sich der Stau auflöste, dass man nach Hause kommt. Und zu Hause warten wir auf die Tagesschau oder einen Anruf. Und in der Wartezeit schreiben wir unsere heimlichen Sehnsüchte in Tagebücher, in denen vom Warten auf das goldene, schöne Leben die Rede ist. Vom Warten handelt eines meiner Lieblingslieder meiner deutschen Lieblingsband «Element of Crime»: «... und du wartest auf irgendwas – auf den gestrigen Tag, auf längeres Haar, auf den Sommer und darauf, dass einer das Klo repariert – sogar auf ein Zeichen von ihr.» Irgendwann werden wir über all der Warterei grau und müde, warten nicht mehr, reihen uns ein und nehmen es hin, dass der Sommer nicht kommt, dass keiner das Klo repariert und dass von ihr / ihm kein Zeichen kommt. Und darauf, dass einer unser Herz repariert, warten wir dann auch nicht mehr. Und dann sind wir endlich, was wir doch immer werden wollten: erwachsen. 23/98

Über Dessous

also … schöne Unterwäsche zu tragen ist wunderbar. Schöne Unterwäsche zu kaufen ist ziemlich furchtbar. Beim Unterwäschekauf gibt es kein Ausweichen mehr: Alles muss runter. Der BH muss auf die nackte Haut, und dann quillt und zwickt es und sieht klumpig aus und gar nicht mehr so elegant und luftig wie eben noch, als wir das zarte Ding in der Hand hielten. Die Fachkraft prüft, berät, rät zu, rät ab, begutachtet Polster und Fettröllchen, sagt: «Da brauchen wir ein größeres Körbchen!», und schwebt davon. Sie kommt lange nicht zurück, wir frieren, Auge in Auge mit unserer Nacktheit, preisgegeben, hier mitten in der Stadt in einem fremden Geschäft, in einer kleinen Kammer. Dann kommt sie und erlöst uns mit einem weiteren Angebot – größere Körbchen, Elastikslips, die den Bauch wegklemmen, raschelnde Unterröcke aus Seide, aprikosenfarbene Hemdchenträume. Wir bleiben wieder allein, probieren, versuchen verführerisch auszusehen, drehen und wenden uns, trauen uns nicht so recht, möchten doch gern – und entscheiden uns am Ende, wie immer, für kochfeste Baumwolle. Aber das nächste Mal, da schlagen wir zu! Da leisten wir uns einen Hauch in bordeauxroter Spitze! Da kaufen wir graue Seidenunterröcke, jawohl, und endlich doch die süßen kleinen Boxershorts mit blauen Blümchen drauf! Und missmutig tragen wir unsere gesunde schneeweiße Baumwolle nach Hause. Wenigstens ist da kein Schnickschnack dran – alles klar, übersichtlich, formschön, praktisch. Gut so! Waren nicht an den zarten BHs vorn Schleifchen? Pah! Schleifchen! Was soll ich mit Schleifchen? Die drücken sich nur durch den Pullover. An einem hing sogar ein goldenes Schlüsselchen, zu und zu niedlich, damit soll er dann wohl den Weg zu meinem Herzen aufschließen? Oder zu meinem Busen? Oder passt der ins Tagebuch? Manche BHs sind mit Glitzersteinchen verziert. Nicht nur kratzen die, kleben am Pullover fest oder schimmern durch, nein, es ist überhaupt nicht einzusehen, dass wir uns schmücken sollen wie die Weihnachtsbäume. Warum muss ich glitzern? Erhöht das den Reiz, wenn ich mich ausziehe? Trage ich Glitzerndes nur, wenn ich mich vor jemandem ausziehe, oder auch für mich allein, zu Hause beim Kartoffelschälen? Hebt Glitzer die Stimmung? Oder sind all die Schleifchen, Spitzchen, Schlüsselchen, die Verzierungen und Rüschen und niedlichen rosa Röschen an den Nähten einfach nur der Tribut ans Schöne, an die weibliche Ästhetik? Wir müssen uns entscheiden: Wollen wir es praktisch und kochfest, oder wollen wir es sexy mit Glitzer und Schabernack? Soll der Busen gestützt werden oder nur verführerisch verhüllt, damit man ihn gleich wieder auspacken kann? Soll die Strumpfhose wärmen oder der Straps reizen? Tragen die Models wirklich auch privat immer diese hauchzarten Dinger mit den verspielten Kleinigkeiten drunter? Bin ich die Einzige in kochfester Baumwolle? Nächstes Mal traue ich mich! Sollen doch Schleifchen und Sternchen dran sein, beim nächsten Wäschekauf schau ich nur aufs Frivole und nicht aufs Praktische. Das schwöre ich mir zumindest seit, na, sagen wir, gut dreißig Jahren. 4/99

Wehmütiges Herz

also ... neulich sah ich einen besonders schönen Film – «Cinema Paradiso» von Giuseppe Tornatore. Da kehrt ein Mann nach mehr als dreißig Jahren Abwesenheit in das Dorf seiner Kindheit zurück. Er hat Angst davor, dass ihn die Eindrücke überwältigen werden – aber das passiert nicht. Ja, er ist ein wenig gerührt, er erinnert sich an den kleinen Jungen, der er einmal war, aber: Er ist fertig mit der Vergangenheit. Die Gegenwart ist wichtiger, und doch wäre sie ohne diese Vergangenheit in diesem kleinen sizilianischen Dorf nicht so geworden, wie sie ist. Um erwachsen zu werden, muss man die Kindheit irgendwann gründlich hinter sich lassen. Wenn man lange genug wartet, kann man an die Orte von früher ohne Wehmut zurückkehren. Tut man es zu früh, schmerzen alte Wunden wie ein Besuch auf dem Friedhof, wenn man am Grab steht und bitter den Verlust spürt. Jeder, der schon einmal an Orte zurückgekehrt ist, an denen er glücklich war, kennt dieses Gefühl, und viele Filme, Romane, Gedichte leben davon, es zu beschreiben: Hier bin ich Kind gewesen! Hier war ich verliebt! Hier, auf dieser Bank, saß ich damals und hatte meinen Hund dabei, jetzt sitzt da jemand anders mit Hund, und meine Mascha ist tot und liegt unterm Pflaumenbaum ... Schon purzeln die Tränen. Es tut weh, sich an vergangenes Glück zu erinnern. Es tut auch weh, Orte der Erinnerung nicht wieder zu finden. Wo das Haus stand, in dem ich aufgewachsen bin, ragt jetzt ein fremder Wohnblock hoch. Meine Schule gibt es nicht mehr – es ist, als würde ein Stück von einem sterben. Das Kino, in dessen Dunkel er mich das erste Mal geküsst hat – abgerissen für ein Kaufhaus. Aus Trotz werde ich da niemals etwas kaufen. Es gibt Männer, die mit jeder neuen Frau an die Orte fahren, an denen sie schon mit anderen Frauen waren, und sei es nur, weil man das Hotel und den Strand schon kennt und somit nichts schief gehen kann, die neue Frau ist gerade Experiment genug. Ich war einmal mit einem Mann an einem Ort, an dem ich Jahre zuvor mit einem anderen glücklich war. Es war die Hölle. Man erinnert sich, man vergleicht, man wird sentimental im Rückblick und ungerecht dem Augenblick gegenüber. Ein bestimmtes Lokal – da saßen wir damals und lachten! Jetzt sitze ich hier allein und heule in meine Suppe, und der Ober fragt ratlos: «Zu viel Salz? Ist etwas nicht in Ordnung?», und wir möchten mit Bob Dylan antworten: «It's alright, Ma, I'm only bleeding» – schon in Ordnung, Mama, ich sterbe bloß gerade an gebrochenem Herzen. In der wirklich mir fremden Fremde bin ich nicht so einsam und verloren wie an Orten, die ich nach langer Zeit wieder sehe. In der Fremde erwachen meine Neugier und mein Pioniergeist. In dem bekannten Ort erwachen Wehmut und schmerzliche Erinnerung, überwältigen mich, und ich denke: Warum bin ich bloß nochmal nach Sils-Maria gefahren? Es ist nichts mehr so wie damals. Thomas Mann hat das Travemünde seiner Jugend nach dem Krieg so wenig wieder gefunden wie Heinrich Böll sein Köln. Nichts finden wir wieder. Nur in unseren Herzen. Und da gehört es auch hin. 5/99

Schwupp! Viel Neues

also … eine Menge aufmunternder Bücher erscheint zurzeit mal wieder. Es ist wie eine Epidemie. Jeder will uns Gutes tun. «Lebe intensiver!», «Gesunder Schlaf für Eltern und Kind!», «Endlich allergiefrei!», «Schmerzfrei durch Kochsalz!», oder gar gleich «Alles kein Problem!». So heißen sie, nennen wir sie getrost die «Ausrufungszeichenbücher». Da werden Signale gesetzt für ein besseres, sorgloseres Leben, wir erfahren, wie wir unsere Biokurve berechnen und dass wir keine Gürtelrose kriegen, wenn wir endlich nach dem Mondkalender leben und unser Bett anders platzieren. Stellen Sie sich vor, es gibt jetzt Salzlampen, die die Luft im Zimmer reinigen. Und was wir mit unserem Urin alles Schönes machen können, hat uns ja vor Jahren schon Carmen Thomas erklärt – zum Beispiel streifenfrei Fenster putzen. Es gibt Hoffnung für jeden. Und das ist auch sehr wichtig, denn gleichzeitig erhalten wir jeden Tag neue Hiobsmeldungen: Milben im Bett! Schimmel im Brot! Und haben wir nicht alle Zinkmangel, und wie?! Unser Immunsystem ist geschwächt, oder? Wir fühlen uns schlapp und müde? Klarer Fall von Zinkmangel. Und in unserer Nahrung ist nicht genug Zink. Das haben wir nicht gewusst, das ist ja entsetzlich! Lesen Sie das neue Buch über Zink, und Sie werden sich wundern ... Ja, wie sind wir nur mit so viel Mangel so lange ausgekommen? Auch Kalzium fehlt uns, und von Magnesium wollen wir erst gar nicht anfangen. Alle schlucken immer nur Vitamin C, aber rechts und links gähnen Mängelabgründe unerhörten Ausmaßes, jede Woche kommen neue Erkenntnisse, und schwupp, schon kommen neue Bücher. Schmerzfrei durch Kochsalz – hätten wir das nur früher gewusst! Unsere Kinder sehen im Fernsehen bestimmte glücklich machende Frühstücksriegel und müssen die sofort haben. Da wird ein Mangel erzeugt und dann behoben, so raffiniert funktioniert das ja schon immer, aber inzwischen nimmt das alles auf einem hektischen Wettbewerbsmarkt Dimensionen an, die ins Lächerliche gehen. Auch im Geistigen, meine Lieben, haben wir tüchtig Mangel – Fundamentalismus, wissen Sie denn überhaupt genau, was das ist? Na bitte! Lesen Sie unser neues Standardwerk, Fundamentalismus gestern, heute, morgen, da und hier, politisch und religiös. Vom großen Buch über Früchtetees bis zum Börsenhandbuch und zur Shambala Mission (Spiritualität im Alltag!) finden wir Fachliteratur über alles und jedes, wir denken uns schlank, erziehen endlich unser Kind richtig, werden Giganten der sexuellen Erfüllung, lernen den Computer begreifen und wissen, dass wir bei Bluthochdruck mit der Quark-Öl-Kur Erstaunliches erreichen können. Wie spricht Faust bei Goethe, über den es dieses Jahr ja auch so viel Wissenswertes zu lesen gibt? «Oh glücklich, wer noch hoffen kann, aus diesem Meer des Irrtums aufzutauchen. Was man nicht weiß, das eben brauchte man. Und was man weiß, kann man nicht brauchen.» Ich freu mich schon richtig auf die angekündigten Bücher «Öde Orte I und II» und auf das Überraschungswerk «Jung, dynamisch und erfolglos». Endlich mal was anderes! 7/99

Trägheit des Herzens

also ... Karin – Name natürlich aus Gründen der Freundschaft und Diskretion gründlich geändert! –, Karin war jetzt ziemlich lange schon allein und sehnte sich danach, sich endlich mal wieder zu verlieben. Da lernte sie an einem Samstag Dietrich kennen und stand in Flammen. Etwa bis Mittwoch. Da lernte sie nämlich Josef kennen, und nun? Josef oder Dietrich? Der eine war schöner, der andere aber lieber. Der Schönere war ein bisschen zu jung, der Liebere ein wenig zu brav, ja, die Mischung aus beiden – die wär es gewesen! Da saß die doppelt verliebte Karin in unserer Wohnung und stöhnte und haderte mit dem Schicksal: Erst ewig lange gar nichts und dann gleich zwei gute Typen auf einmal! Für wen sollte sie sich entscheiden? Und wäre es nicht, wie immer sie sich auch entschiede, sowieso falsch? Und so ist es immer, das Leben. Ich kenne das doch. Tagelang ruft niemand an, es kommt nur Post vom Finanzamt und von der Krankenkasse, nichts ist los, die Wochenenden sind fade wie dicke Erbsensuppe. Und dann – drei Einladungen für ein und denselben Samstag! Das Telefon steht nicht mehr still, und als wäre die Post im Postamt erst wochenlang gesammelt und dann zugestellt worden, schreiben jetzt alle gleichzeitig. Jugendfreunde aus vergangenen Epochen melden sich, sind gerade zwei Tage in Köln, ob ich nicht Zeit hätte. Und ich sitz da und muss Prioritäten setzen und wählen. Schauspieler erzählen gern vom langen Warten auf gute Rollen, dann kommen gleich mehrere fabelhafte Angebote, und man könnte verzweifeln, weil man nur eines davon annehmen kann. Und wählt wahrscheinlich das falsche. Oder es kommt bei den Dreharbeiten etwas dazwischen, aus dem ganzen Film wird nichts, und der andere, den man auch hätte machen können – ein Riesenerfolg! Für den Kollegen! Nein, hier nicht weiterdenken! Überall gilt anscheinend das Gesetz der Serie. Mit den guten und den schlechten Tagen ist es ja genauso, wenn etwas schief geht, dann gleich alles. Und wenn es schön ist, dann ist es rundum schön. Warum zum Teufel dosiert das Schicksal nicht ein bisschen besser? Kann das Leben nicht bitte in Häppchen gereicht werden? Muss gleich die volle Dröhnung kommen? Jeden Tag ein Schuss Glück, jeden Tag eine Prise Pech, jeden Abend eine nette Verabredung oder ein Brief oder ein Anruf, damit wären wir doch schon hoch zufrieden! Aber nein – Dürre, Wüste, Arktis und dann tropische Gärten der Lust, nichts stimmt, das Schicksal lässt keine klare Linie erkennen. Irgendjemand würfelt da, und er würfelt ziemlich schlecht.

Oder begreifen wir das Gesetz von Ruhe und Bewegung nicht? Fürchten wir uns – Hand aufs Herz! – mehr vorm ewig Gleichbleibenden oder vor Veränderung? Vierzig Jahre stand die Mauer, alle haben wir gejammert: Nichts bewegt sich! Dann hat es sich bewegt, und was war? Es ging uns alles viel zu schnell! Ja, so ist der Mensch, hin- und hergerissen zwischen der Trägheit des Herzens und der Sehnsucht nach Aufbruch ins Freie. Liebe Karin, du wirst dich entscheiden müssen. Und diese Entscheidung – das ist es: das Leben. 9/99

Nervige Mitmenschen

also … auf jeder Reise gibt es einen Deppen, der einem fast alles verdirbt. Meist ist es ja schon der Taxifahrer, der es schafft, einen nie geahnten, höchst raffinierten Umweg zum Flughafen zu nehmen und dabei die ganze Zeit zu reden. «Flughafen? Na, wenn Sie dahin wollen, bring ich Sie eben dahin, wär ja Quatsch, wenn ich Sie dann woandershin fahren würde, haha …», und so weiter, unsäglich, unerträglich, aus Freude am Reden füllt sich das Auto mit Wortblasen, bis ich fast keine Luft mehr kriege, und dann soll ich auch noch Trinkgeld geben. Den nächsten Trottel treffe ich gleich im Flugzeug. Er sitzt neben mir. Er kommt aber erst, als ich schon sitze, und will dann auf den Fensterplatz. Er ist sehr, sehr dick und quetscht sich mühsam durch. Er hat doch vorher schon gewusst, dass er so dick ist. Wäre da nicht ein Gangplatz besser gewesen? Nein, nur nicht mitdenken. Kaum sitzt er, muss er, «'tschuldigung!», nochmal aufstehen, denn er hat ja oben in seinem Mantel die Brille vergessen. Und das Gepäckfach muss dafür nochmal aus- und umgeräumt werden, im Gang staut sich alles, wir versuchen, höflich zu bleiben, es gelingt uns aber nur ein unfrohes Lachen. Die Brille wird gefunden, Dickerchen zwängt sich wieder auf den Fensterplatz. Ich versinke in dumpfes Brüten über Menschen, die zehn Minuten nach Filmbeginn aufs Klo müssen. Sie sitzen immer mitten in der Reihe vor mir. Ein Herr kommt des Weges, stutzt, liest seinen Sitzplatz laut vor: Reihe 12, Platz A. Da sitzt mein Nachbar. Könnte es sein ...? Der Dicke wehrt entrüstet ab, nein, er sitzt richtig, wo hat er doch gleich seine Platzkarte, na, na ... Es wird gesucht, um und um gegraben, Schweißgeruch breitet sich aus – da ist sie ja schon! In der Gesäßtasche! Und was steht drauf? 13 A. Na so was aber auch! «'tschuldigung!» Und wieder geht die Reise los, diesmal in die Reihe hinter uns, wo er erschöpft in sein Sesselchen sinkt und uns nun mit Geschichten unterhält über einen Koffer, der ihm einmal verloren gegangen sei, und zufällig, aber wirklich nur zufällig habe er ... Er bleibt nicht die letzte Zumutung auf dieser Reise. Die Fluggesellschaft zwingt die Piloten ja anscheinend dazu, uns zu erzählen, wann wir Osnabrück überfliegen und mit welcher Geschwindigkeit. Das interessiert uns alle rasend, dafür wachen wir gern aus unserem Nickerchen wieder auf. Der Pilot, der Dicke und der Taxifahrer sollten eine WG gründen, da hätten sie es alle schön und könnten den ganzen Tag reden und nerven und sich wichtig machen. Ja, ich will immer versuchen, die Menschen zu lieben, aber es ist verdammt schwierig und wird nicht leichter, je älter ich werde. Ich kenne schon so viele davon, und schon von weitem sehe ich ihnen an: Ärger, der bringt Ärger. Ich verlasse trotz großen Hungers beim Anblick gewisser Kellner sofort das Lokal, weil ich ahne: Mit dem da geht es schon in fünf Minuten auf Leben und Tod. Wie bei der Krankengymnastik neulich: Da lasse ich mir endlich mal Gymnastik verschreiben und gerate an einen solchen Unsympathen, so einen Schwatzheini und ein solches Weichei, dass mein Körper sich mehr verkrampft, anstatt sich zu entspannen. An manchen Tagen wär man einfach am liebsten ganz allein auf der Welt. Wenigstens kurzfristig. 10/99

Netter Mensch

also … ich bin kein wirklich netter Mensch. (Was ist denn das überhaupt, «nett»? Will ich nett sein? Ich will nicht nett sein.) Ich fürchte, ich bin auch nicht wirklich tolerant. Ich bin schnell auf hundert. Ich bin nicht mal besonders freundlich, die sonnige kleine Elke, die jeden anstrahlt – das ist vorbei. Heute ist mir das wieder mal aufgefallen: schöner Tag, Sonne, Stadtbummel. In einem voll besetzten Straßencafé wird gerade ein kleines Tischchen mit zwei Stühlen für mich frei – herrlich! Ich setze mich, aaah … alle Taschen, Tüten, die Jacke auf den freien Stuhl. Kaffee bestellen, Apfelstrudel bestellen, genießen. Da kommt eine dieser immer freundlichen Frauen, weithin leuchtend. Wallende weite Kleidung, wallendes weiches Haar, alles ist offen und bereit fürs Schöne, auch für eine neue Freundschaft mit mir. Zuerst geht es nur um den Stuhl. Ist er noch frei? Ja, das ist er, wenn ich – knurrig – alles runterräume, was ich gerade darauf verstaut habe. Aber ich sehe es ein: Es ist ein Sitzstuhl, keine Gepäckablage. Sie setzt sich. Ist es nicht ein herrlicher Tag heute, strahlt sie mich an. Ja. Herrlich. Ich rauche eine, damit es etwas weniger herrlich ist und bloß jetzt kein Gespräch gibt. Oh, sagt sie, ich könnte auch mal wieder eine rauchen. Lange kramt sie in ihrer weitläufigen Tasche, findet nichts, ich biete ihr ergeben eine an. Ich gebe ihr Feuer. Ich erkläre ihr (natürlich auf Nachfrage), dass das holländische Zigaretten sind. In Holland, sagt sie, wäre ich jetzt auch viel lieber als hier, so schön am Strand, stellen Sie sich vor … Ich will mir das nicht vorstellen, weil ich, ehe sie kam, gerade eine wunderbare Idee für ein ALSO hatte, die wollte ich notieren, aber jetzt … Sie redet weiter. Eigentlich raucht sie ja nicht mehr, aber manchmal … also, man muss doch auch mal sündigen können, oder? Ich nicke knapp, versenke mich in die Speisekarte. Was ist das, was Sie da essen?, fragt sie. Sieht lecker aus. Apfelstrudel, sage ich und hätte lieber gesagt: Eisbein mit Kartoffelpüree. Man sieht, dass es Apfelstrudel ist, verdammt nochmal, warum gibt sie keine Ruhe? Weil sie nett ist. Weil sie ein bisschen mit mir plaudern will, bei dem schönen Wetter, von Mensch zu Mensch, von Frau zu Frau. Warum will ich nicht? Ja, da haben wir es wieder: Weil ich nicht nett bin. Weil ich nicht freundlich bin. Weil ich einfach nur für mich sein und darüber nachdenken will, was für ein ALSO ich eben noch schreiben wollte. Sie lässt mich nicht nachdenken. Sie bestellt auch Apfelstrudel, sie will eigentlich abnehmen, aber man muss doch auch mal sündigen … Hilfe! Sie lässt nicht locker. Sie redet all meine Gedanken kurz und klein, ich habe gegen so viel Nettigkeit einfach keine Chance. Darum entschuldigen Sie bitte, dass ich nicht dieses tolle ALSO geschrieben habe, das ich eigentlich schreiben wollte – ich habe es einfach vergessen und stattdessen über die freundliche Nachbarin geschrieben. Nur mäßig nett, zugegeben. Aber das sagte ich ja schon warnend gleich am Anfang. 14/99

In der zweiten Reihe

also … immer sind die schönen Schuhe in Größe 39 schon weg. Lassen Sie mich raten: Sie haben auch Größe 39? Aha, dann sind Sie es, die mir die vor der Nase wegkaufen, wusste ich es doch. Dann sind es auch Sie, die immer schon das Kleid in Größe 40 gekauft hat, das ich gerade kaufen wollte? Und wenn Größe 40 aber wirklich zu groß ist, dann hängt es noch da, und dafür ist, ätsch, Größe 38 weg, und das waren dann auch Sie. Ganz offensichtlich trägt die deutsche Durchschnittsfrau Größe 38/40 und hat Schuhgröße 39. Ja, wenn man das doch nun aber weiß, kann man dann nicht in diesen Größen ein paar Schuhe und Kleider mehr herstellen? Nie kriege ich, was ich will – weil das alle wollen. Ich gebe es zu, ich bin nichts Besonderes, und als neulich diese Beilage mit den tollen italienischen Schuhen zu Tiefstpreisen in meiner Tageszeitung lag, da bin ich sofort, aber sofort zu dem entsprechenden Laden geradelt. Endlich die Sandalen meiner Träume, schwarz, weich, Riemchen am Knöchel über Kreuz, kleiner Absatz, keine Klotzsohle! Nur ich, dachte ich, habe noch diesen Geschmack, alle anderen wollen ja rotes Lackleder mit

Plateausohle. Falsch gedacht. Alle Frauen, die den Laden schon um elf Uhr morgens füllten, sahen genauso aus wie ich, hatten die Beilage in der Hand und stopften gerade die letzten schönen Sandalen, schwarz, weich, Riemchen über Kreuz, in Größe 39 in ihre Tüten. Ich habe aus Frust dann Größe 38 genommen, es geht, weil sie ja offen sind, aber es kneift doch. Und so geht es mir immer. Ich will das Blumenkleid in 38, muss es in 40 nehmen, und es schlottert. Ich weiß: Es gibt Frauen mit zierlichen Füßchen, die finden bei 37 immer etwas Niedliches, und die haben Kleidergröße 36, da ist ja fast die Kinderabteilung noch zuständig. Wir anderen – alle gleich, und wir zerren uns die paar passenden Sachen vor der Nase weg aus den Regalen. Es ist aber in anderen Bereichen auch so, ich kriege nie das, was ich will: Will ich Ananas kaufen, komme ich mit Melonen nach Hause. Ich wollte Avocados und bringe Radieschen. Ich will im Café unbedingt Himbeertorte haben, und der Kellner beschwatzt mich, doch den Erdbeerkuchen zu nehmen. Muss der weg? Bleibe ich stark? Gebe ich nach? Ich will einen kleinen Blonden und nehme einen großen Schwarzen. Warum das alles? Und warum legt mir die Verkäuferin, wenn ich einen weinroten Pullover mit V-Ausschnitt möchte, einen marineblauen mit Rollkragen hin und sagt: «Der ist doch auch schön!»? Das ganze Leben ist ein einziger Ersatz, eine Notlösung ohnegleichen, und schon die Rolling Stones sangen vor zwanzig?, dreißig?, vor hundert Jahren: «You can't always get what you want.» Always, immer, wollen wir ja auch gar nicht. Aber wenigstens manchmal, liebes Schicksal, wenigstens manchmal müsste es doch möglich sein, genau das zu kriegen, was man will: die schönen Sandalen in 39, das passende Kleid in 38, am Arm der kleine Blonde, und dann Himbeerkuchen! Man wird noch träumen dürfen. 16/99

Zanken ums Auto

also ... meine Freundin und ich wohnen nah genug beieinander, um endlich ein Auto abzuschaffen. Wir haben ihres abgeschafft, denn meins hat Servolenkung. Seitdem kommen wir zwar gut zurecht, finden leichter einen Parkplatz als zwei, haben bisher auch noch nie gleichzeitig das Auto gebraucht, aber die Diskussionen darüber, wie blöd mein Auto ist, reißen nicht ab. «Der Blinker tickt viel zu laut.» Da ist was dran. «Das Heckfenster ist zu hoch!» Nur, wenn man so klein ist, für mich ist es richtig. «Dein Auto braucht zu viel Sprit.» – «Es ist jetzt nicht mehr mein Auto, es ist unser Auto, und so viel braucht es gar nicht.» – «Braucht es wohl, du achtest ja nie auf so was, du tankst einfach immer nur für fünfzig Mark.» Da ist auch was dran. «Dass das Auto keinen Heckscheibenwischer hat bei dem Preis, das ist ja wohl das Letzte.» Ich habe bei der Firma nachgefragt – ja, inzwischen findet man das da auch das Letzte, die neuen Modelle sind besser ausgerüstet, aber der nachträgliche Einbau wäre furchtbar teuer. Ich bin die Zankerei um mein Auto (neueste Nummer: «Wie kann man bloß ein schwarzes Auto kaufen, ist doch im Sommer viel zu heiß!») so leid, dass ich seit einiger Zeit über ein neues Auto nachdenke, Autowerbung gibt es ja mehr als genug, und eigentlich müsste doch was zu finden sein. Aber ach. Eins ist zu groß, eins zu teuer, eins zu klein. Eins ist einfach lächerlich, das da rostet zu schnell durch, hiervon gibt es nur schwer Ersatzteile, damit darf ich meiner Werkstatt nicht kommen. So eins fährt Ulla, und dasselbe Auto wie Ulla? Nein, niemals. Eins ist zu hässlich, eins zu lang, passt in keine Parklücke. Eins braucht noch mehr Benzin als meins, eins hat kein Schiebedach, ein anderes gibt es nur in schauerlichen Farben. Das da hat keine Zentralverriegelung, ein anderes einen zu kleinen Kofferraum und eins doch tatsächlich nicht mal ein Radio. Hier sind die Armaturen unsympathisch, da stinken die Plastikpolster, das hat keinen Beifahrer-Airbag. Immer ist irgendwas, und wir zanken rum und zeigen uns auf den Straßen mögliche Autos, verwerfen sie wieder, finden nie dasselbe schön, funktional, praktisch, wünschenswert. Und dann überlegen wir, was wir eigentlich mit unserem Auto machen: Sie fährt zum Arbeitsplatz damit, ab und zu die Eltern besuchen. Ich fahre zum WDR und zum Tierarzt. Samstags fahren wir zusammen zum Supermarkt. Und ansonsten stehen wir mit unserem Auto an Ampeln, in Warteschlangen vor Parkhäusern, im Stau auf der Autobahn, in der Tiefgarage. Wir stehen viel mehr, als wir fahren. Wir machen nie das, was die Autos in der Werbung immer tun: Wir fahren nicht über den herrlichen Platz in Siena, nicht über den Highway Number One, nicht am Grand Canyon vorbei und nicht schneebedeckte Berge rauf. Werbeautos sind immer ganz allein in strahlender Sonne auf völlig leeren Straßen und erhöhen selbst in Manhattan den Pulsschlag. Wir aber stehen Stoßstange an Stoßstange. Und ich kenne mein Viertel und seine Tücken. Da brauche ich ein kurzes Auto mit Servolenkung, und genau so eins habe ich, charakterlos und praktisch. Und wenn meine Freundin sich nicht daran gewöhnt, dann … dann … ja, was dann? Es gibt keine Alternative. Dann muss sie eben wieder ihre eigene Klapperkiste fahren, und wir stehen im Stau wieder hintereinander, statt dass wir wenigstens zusammen im Auto «Element of Crime» hören können. 18/99

Fotografieren im Urlaub

also ... immer wieder kommt an schönen Aussichtspunkten oder auf berühmten Plätzen jemand auf uns zu, drückt uns einen Fotoapparat in die Hand und bittet: «Könnten Sie wohl mal?» Weil die ganze Familie zu gern einmal geschlossen aufs Bild möchte, oder es soll endlich ein Bild des glücklichen Paares geben, auf dem er, der Fotograf, auch mal mit drauf ist. Da stehen wir nun mit wildfremden Leuten und sind zuständig für deren glückliche Urlaubserinnerung. Das ist ein wichtiger Moment. Deshalb passen wir auch geduldig auf, als uns erklärt wird, wo man durchguckt und wo man drückt. Als wäre das nicht bei allen Apparaten – gewisse Profi-Raffinessen natürlich nicht mitgerechnet – immer und immer dasselbe! Man guckt in der Mitte durch und drückt rechts auf den Knopf und fertig, alles andere macht heutzutage der Apparat. Aber nein, wir bekommen es immer aufs Neue erklärt. Und wenn wir durch das Loch gucken, sehen wir immer dasselbe Bild: steife Haltung, lächelnd verkrampfte Gesichter, hoffnungsvolle Erwartung. Nun können wir sie ein wenig zappeln lassen und genau dann draufdrücken, wenn das Lächeln erlischt und der

Ungeduld Platz macht. Das gibt schöne authentische Eindrücke vom Urlaub wieder. Mein Mann, der an die zwei Meter groß ist, hat entweder keine Lust, sich zu bücken, und fotografiert so nur die auf seiner Höhe schwebenden Köpfe, oder er geht in die Knie und schneidet dann allen, die er fotografiert, die Köpfe ab. Er findet das künstlerisch interessant und gäbe was drum, wenn er von den vielen kopflosen oder unterleibsfreien Bildern, die er schon gemacht hat, je einen Abzug hätte. So weit gehe ich nicht. Aber ich entscheide auch nach Augenblicksneigung, ob ich ein schönes Bild mache oder ein bisschen den Müllcontainer rechts mit reinmogele oder das dicke Kind links halbiere. Weil wir diese miese Seite unseres Wesens kennen, kämen wir nie auf die Idee, uns von Fremden knipsen zu lassen. Wir wissen, wie böse der Mensch ist. Wir haben übrigens meistens nicht mal einen Fotoapparat dabei, viel zu lästig. Wir staunen über schwitzende Touristen in Florenz mit riesigen Apparaten vorm Bauch, wo es doch alles auf Ansichtskarten viel schöner zu kaufen gibt, aber da ist dann eben Mutti in den kurzen Hosen nicht mit drauf. Einmal war ich in Heidelberg, da hielt am Schloss ein Bus und spuckte eine müde japanische Reisegesellschaft aus. Die Japaner konnten wählen zwischen Schloss besichtigen oder Wein trinken im sonnigen Hof eines Restaurants. Alle entschieden sich für Wein trinken. Aber der Busfahrer bekam 50 Fotoapparate ausgehändigt, damit er das Schloss knipsen sollte. Er stellte sie alle auf die Schlossmauer, nebeneinander, und dann ging er klick, klack, drück, die Reihe entlang. Das hatte schon eine gewisse Routine. Ich bin sicher, dem Heidelberger Schloss fehlt das Dach, aber wer merkt das schon, später, in Tokio? 20/99

Sommer-Vorsätze

also … in diesem Sommer entzückte uns alle der Film «Buena Vista Social Club» – Wim Wenders' Dokumentation über die wunderbaren alten kubanischen Musiker. Jeder, der den Film gesehen hatte, wollte sofort entweder 1. nach Kuba, 2. unverzüglich zweiundneunzig Jahre alt werden und so fit bleiben wie Compay Segundo oder 3. wenigstens ein besserer Mensch werden: geduldig, gelassen, freundlich, zufrieden, so wie Ry Cooder, so wie die Damen und Herren in diesem prächtigen Film, der eine Liebeserklärung ist an die Musik, an die Würde und Schönheit des Alters, an die verblasste Pracht von Havanna. Wir kamen aus dem Kino und waren glücklich und geläutert. Das hielt nicht lange an. Die Welt ist nicht in einem Zustand, dass man Lust bekommt, wirklich ein guter, gelassener Mensch zu sein. Die Politik enttäuscht uns, hierzulande und anderswo, wir sehen Korruption und vermuten hinter dem, was wir sehen, noch viel mehr. Wir ahnen, dass auch Kuba nicht das Paradies ist, das der Film durch seine schönen Bilder suggeriert – einmal sagt es Ibrahim Ferrer, der alte, fast vergessene Sänger: Wenn wir nicht so bescheiden wären, wäre das hier gar nicht so lange gut gegangen. Über Silvester 2000 wollen wir auf einmal alle nach Kuba fahren – ausgebucht, natürlich, und irgendwer sprach auch schon abfällig von Kuba als dem «Ballermann 6 der linken Intellektuellen». Es ist so eine Sache mit dem Geläutert-Werden. Die schönen Stimmungen verfliegen bald, wenn das Kino hell wird, die Musik verstummt, die guten alten Gesichter von der Leinwand verschwinden und die Politesse draußen gerade einen Strafzettel ans Auto pappt. Sofort kriecht diese alte Großstadtwut in uns hoch, und vorbei ist es mit den Gitarrenklängen zu Rum und Meeresrauschen. Und so geht das immer mit den guten Vorsätzen. Im Urlaub schworen wir uns beim Blick auf den Wald und den stillen See, jetzt endlich alles ruhiger anzugehen, keine Hektik mehr, kein Aufbrausen, das Leben ist so kurz, so viel davon ist schon vorbei, und es ist immer nur so schön, wie man es sich macht. Und kaum waren wir wieder zu Hause, fielen wir in das tiefe Loch der überbordenden Anforderungen in Beruf und Haushalt und Leben überhaupt, Ärger an allen Ecken, kein Wald, kein See, morgens das alte mürrische Gesicht im Spiegel. Es ist wie mit den Vorsätzen, schlanker zu werden oder rigoros Sport zu treiben oder mit der Nascherei aufzuhören – das funktioniert kurzzeitig ganz gut, aber auf Dauer nicht, wir sind Gewohnheitstiere. Also heimlich abends nochmal, zum vierten oder fünften Mal, in «Buena Vista Social Club» gehen – zwei Gardenien für dich, mein Leben, und wenn sie verwelken, weiß ich, du liebst mich nicht mehr. Und wir weinen und wünschen uns solche Sätze, solche Liebhaber, die uns Gardenien schenken, diese ganz bescheidene Einfachheit. Warum ist es nicht hinzukriegen, etwas davon in unser Leben zu übertragen? Weil wir letztlich verwöhnte Prinzchen sind, darum. 22/99

Dienstags ist schlecht

also ... Hanno schwört auf die Fünf Tibeter. Jeden Morgen macht er seine Übungen, und seitdem, sagt er, war er noch nie wieder krank und ist auch seelisch völlig ausgeglichen. Martha joggt. Wenn sie nicht joggt, ist sie unausstehlich, sie braucht das, um sich alle Aggressionen und Frustrationen von der Seele zu laufen, ganz abgesehen von der guten Figur. Katja schwört auf grünen Tee. Aber nur einen ganz bestimmten grünen Tee, auf ganz bestimmte Art zubereitet und auf- und abgegossen und bloß ja nicht mit Zucker. Karl geht jeden Morgen schwimmen, die ekligen Umkleidekabinen tapfer in Kauf nehmend. Ich schwöre auf ein Glas Rotwein und ein gutes Buch. So sucht jeder Glück und Entspannung auf andere Weise, und nur Heidi, unsere seufzende Heidi, kommt nicht zur Ruhe. Heidi sieht bleich und überfordert aus, und das ist sie auch, überfordert von den Schrecknissen, die das Leben bereithält. Dass die Fünf Tibeter nicht richtig überliefert sind, grüner Tee nicht das hält, was er verspricht, Joggen auf die Bandscheiben geht und man sich in Bädern Pilze holt, erklärt Heidi gern und kummervoll. Für meinen Rotwein hat sie auch kein gutes Wort übrig, der macht irgendwie ein schlechtes Karma. Heidi pendelt, Heidi beschäftigt sich mit Astrologie und Esoterik, Heidi fragt alle im Flüsterton: «Was bist du für ein Sternzeichen?», und als ich es ihr sage, warnt sie: «Dienstags aufpassen.» Das ist mir neu. Ich wusste zwar aus der Zeitung, dass Reisebüros neuerdings für Krebse die Türkei, für Steinböcke Mexiko und für Jungfrauen Kreta empfehlen, aber dass Wassermänner dienstags aufpassen müssen – tolle Geschichte. Ich überschlage in meinem Kopf, welche dramatischen Fehlentscheidungen, Unfälle, Krankheitsausbrüche in meinem Leben auf Dienstage fielen, und muss feststellen, nie genau auf dergleichen geachtet zu haben. Das macht Heidi noch mehr Kummer, als sie sowieso schon zu tragen hat. Sie schaut sich meine Hand an. «Du solltest», sagt sie, «dich vor Korbmöbeln hüten. Die sind nicht gut für dich.» Donnerwetter! Das muss man wissen! Hätte ich mir den ganzen Ärger mit der FAZ ersparen können, wenn ich an dem Tag nicht in meinem Korbstuhl gesessen hätte? «Was noch, Heidi?», will ich wissen, jetzt, wo sie schon mal in Fahrt ist. «Kernobst», sagt sie, «gar nicht gut bei deiner Konstellation.» Das gibt mir den Rest. Ich esse für mein Leben gern Kernobst, nein, Heidi, hier muss ich passen, ich will gern dienstags nicht auch noch zusätzlich auf Korbstühlen sitzen und schon gar nicht die FAZ lesen, aber meine Kirschen lasse ich mir nicht austreiben. Ich verabschiede mich etwas schroffer, als es nötig gewesen wäre, und sage noch gehässig: «Du bist blass, du solltest mehr an die Luft gehen.» – «Luft ist ganz schlecht für mich», sagt Heidi, «nur Nachtluft ist gut.» Und als ich dann in mein schwarzes Auto steige, murmelt sie zu allem Überfluss: «Grün wär besser. Deine Farben sind Grün und Blau.» Und Rot, Heidi. Ich trinke meinen Rotwein auf dich und denke: Was ist heute? Mittwoch? Köstlicher Tag. So viel Stoff für eine einzige Kolumne!

24/99

Die Hähnchen

also … es gibt eine Sorte Männer, die heißen jetzt bei mir nur noch die Hähnchen. Hähnchen sind es, kleine Gockel, die – oft auch mit Goldkette – herumstolzieren und uns Mädels sagen, wo es langgeht. Gern sind sie Abteilungsleiter in Supermärkten, in denen die Frauen die Arbeit tun. Wenn man dann zum Beispiel die junge Frau, die gerade Kaffeepakete einsortiert, fragt: «Haben Sie in diesem Supermarkt irgendwo eingelegte Senffrüchte?», dann kommt das Hähnchen aus der Ecke geschossen, wo es die Arbeit der Kollegin (Kollegin? Der Untergebenen!) beobachtet hat, und kräht: «Worum geht's? Fragen Sie mich, ich bin hier zuständig.» Leicht angewidert wiederholen wir unsere Frage: Senffrüchte, ob es die hier gibt? Und was tut der Gockel? Er sagt zu der am Boden Knienden: «Frau Kellermann, haben wir Senffrüchte?» – «Hinten bei Essig und Öl», sagt Frau Kellermann, und weil Herr Gockel sicher ist, dass wir auf so eine Stimme gar nicht erst hören, wiederholt er nochmal laut: «Senffrüchte sind hinten bei Essig und Öl.» Nun ist eigentlich der Zeitpunkt gekommen, an dem wir ihm einfach eine reinhauen sollten, aber leider ist das bei den pazifistischen

Bemühungen der letzten Jahrzehnte ganz aus der Mode gekommen. Ich bedaure es oft und erzähle an dieser Stelle nur zu gern die Geschichte meines äußerst kultivierten, intellektuellen Freundes M., der neulich zu einem «Philosophenessen» geladen war. Man aß nicht etwa Philosophen (nun lassen Sie mich doch auch mal scherzen), sondern Philosophen aßen zusammen und philosophierten, ganz wie in den Salons vor hundert Jahren. Und einer soll dabei gewesen sein, der einfach immer nur penetranten und reaktionären Unsinn redete, auch unter Philosophen soll es ja Hähnchen geben. Mehrmals bat ihn M., er möge doch nun mal den Mund halten und nicht die ganze Diskussion stören, er nervte weiter, und dann, erzählte M. stolz, habe er ihn am Kragen hochgezogen und ihm einfach eine reingebrettert, mein Gott, hat das gut getan! «Ich wusste gar nicht», sagte er, «dass ich nach jahrzehntelangem Ausdiskutieren aller Probleme so was uberhaupt noch konnte, das letzte Mal habe ich mich vor 32 Jahren geprügelt.» An diese Geschichte denke ich, als der Supermarktwichtigtuer hier vor mir steht, und Frau Kellermann stapelt weiter Kaffee. Sein Kittel ist weiß, sein Gesicht ist grenzenlos dumm, und ich möchte ihn zu gern ohrfeigen. Was würde Alice Schwarzer dazu sagen? Was tut man mit Männern, die intelligenten Argumenten nun mal nicht zugänglich und einfach nur dummdreist sind? Wäre eine Tracht

Prügel nicht das einzig Wahre? Wir gehen entsetzlich mit Menschen um, nutzen sie aus, sperren sie ein, auch wenn sie dringend andere Hilfe brauchten, wir schlagen Kinder und quälen Tiere, aber einem aufgeblasenen Gockel einfach mal eins aufs Maul zu hauen, das verbietet uns der Anstand, wir sagen nicht mal: «Verpiss dich, du Wicht.» Noch nicht. Kommt schon noch, ihr Hähnchen, aufgepasst, kikeriki. 25/99

Elkes Abschied

also … die Sonnenfinsternis, auch zärtlich SoFi genannt, ist irgendwie völlig an mir vorbeigegangen und nicht einmal in dieser Kolumne aufgetaucht. Als sie stattfand, war ich im Urlaub, und vorher war ich einfach nicht darauf gekommen, dass es für Sie, liebe LeserInnen, wichtig sein könnte, wie die Planeten zueinander stehen und dass das eine schöne Kolumne hätte werden können, um mal wieder so genannte letzte Dinge zu bedenken. Aber nun naht der Jahres-, der Jahrhundert-, der Jahrtausendwechsel, und den lasse ich nicht verstreichen, ohne die ultimativen Fragen zu stellen: Wer sind wir? Wo kommen wir her, wo gehen wir hin? Haben Tiere eine Seele? Können Steine fühlen? Soll die Kolumnistin, die nun seit 17 Jahren an dieser Stelle nachdenkt, denn ewig weiterschreiben? Sie sehen, genug Fragen, über die man in der Silvesternacht nachdenken kann. Auch die, die sich jeder Millenniumsraserei verweigern (ich), müssen um Mitternacht mit hinüber ins neue Jahrtausend, ob es ihnen nun passt oder nicht. Zeitschriften bieten schon seit längerem die «Sind Sie fit fürs Millennium»-Tests an, ich habe die Fragen immer überflogen, und mich hat's geschaudert – ginge es danach, müsste ich mich als hoffnungslose Romantikerin in der Silvesternacht erschießen, ich denke aber gar nicht daran. Soll ich Ihnen was verraten? Ich wurschtle am 1. Januar 2000 genau da weiter, wo ich am 31. Dezember 1999 aufgehört habe. Die Zeit ist eine Linie aus Punkten, unendlich, immer gleich, und da soll ich wegen eines Zeitpünktchens so viel Aufhebens machen, etwa das Rauchen endgültig lassen oder das Joggen anfangen? Du lieber Himmel, nein. Mein Kater gehört zu den klügsten Lebewesen, die ich kenne (ja, Tiere haben eine Seele), und ihm ist der Jahrtausendwechsel so völlig egal, dass ich mich geradezu vor ihm schämen würde, würde ich um Mitternacht in irgendeine Euphorie oder in das Gegenteil ausbrechen. Runde Daten, vermeintliche Wechsel, angebliche Chancen zum Neubeginn – das alles kann nur schief gehen und enttäuschen; Resümees, die der Kalenderzauber verlangt, finden bei mir nicht statt. Und wollten wir wirklich eines ziehen – kein Jahrhundert hat wie dieses zugeschlagen mit Rassenwahn, Krieg und Völkermord, mit Naturzerstörung und Artenausrottung, ist das noch Evolution oder schon Apokalypse? Darüber, ja, könnte man endlich mal nachdenken, aber warum um Mitternacht am 31. Dezember 1999? Da habe ich anderes zu tun: Ich muss alle Fenster schließen und laut klassische Musik aufdrehen, damit sich meine

Tiere nicht vor der Knallerei erschrecken. Und dann, ja dann kann ich Ihnen wenigstens noch eine der oben gestellten ultimativen Fragen beantworten: Ja, 17 Jahre sind genug. Die Kolumnistin wird Sie nicht ins neue Jahrtausend begleiten. Leben Sie wohl, haben Sie Dank, und glauben Sie mir bitte: Das habe ich nicht Silvester beschlossen, sondern schon im Sommer, etwa zur SoFi-Zeit. Also ist es ernst zu nehmen. Adieu. Ihre 1/2000